二見サラ文庫

ようこそ赤羽へ　真面目なバーテンダーとヤンチャ店主の角打ちカクテル

美月りん

Illustration

げみ

C O N T E N T S

プロローグ

バーのドアは分厚く重たい。

熟練の酒飲みでない限り、そのドアを気軽に押し開けられる者は少ないだろう。

窓もなく閉ざされているために外から店内の様子を見ることはできず、いったいどんなバーテンダーがいるのかもわからない。

もし気難しいマスターがいたらどうする？

最初のカクテルは何を頼むのが正解なのだろう？

服装は？　知らないマナーはないだろうか？

未知なる世界に不安ごとは尽きない。しかしご心配なく。その重いドアを開ければ、そこはあなたにとってきっと、特別な場所になるはずだ。

それでもやっぱり、初心者には入りづらいって？

ならば手始めに、こんな店はどうだろう。


ほっと懐かしくなる昭和レトロな日本家屋。

大きな看板には「酒屋あかい」とある。カラカラと音を立てる引き戸は、誰でもご自由にどうぞと言わんばかりに開けっぱなしだ。

お店のなかに入ると、日本酒やウイスキー、焼酎にリキュールと、実にさまざまな酒が棚に所狭しと並んでいる。

年季の入った冷蔵庫には、馴染《なじ》みの銘柄の缶ビールやチューハイ。

そのほかにもペットボトルのジュースやスナック菓子、さきイカやピーナッツなどのつまみも置いてあり、ちょっとしたコンビニのようである。

とたんに気軽な気持ちになって、家飲み用の缶ビールとピーナッツ、夜更かし映画のお供にレモンソーダとポテトチップスを手に取り奥へ向かうと、おや？　と気がつく。

すみっこにバーテンダー。

奥にあったのはレジではなくL字型の小さなバーカウンターで、その奥に銀色のアンダーリム眼鏡をかけたバーテンダーが立っている。

しかも格好は黒のベストにネクタイと、オーセンティックなバーの服装だ。

レトロな酒屋とのミスマッチに戸惑っていると、思いがけないことを言われる。

「いらっしゃいませ。そのビール、カウンターで召し上がりませんか？」

店で買ったビールをここで飲む？

言っている意味がわからずとっさに断ると、背後からぬっと大きな影が現れた。

ハッとして振り向くと、ツーブロックヘアに赤いスカジャンを着た、いかにもヤンキー風な男が、上からじっと睨《ね》めつけながら言った。

「いいじゃねえか、一杯くらいよ」

鋭い目つきに縮み上がり、思わず頷《うなず》いてしまう。

なんて店だ。これじゃあ気難しいマスターより悪い。

促されるようにしてカウンターに座ると、壁にずらりと並んだ酒瓶やグラスが目に飛び込んできた。

やはりここだけは、本格的なバーらしい。

ふと、ならばカクテルも飲めるのだろうかと思った。すると絶妙なタイミングで、バーテンダーが言う。

「もしよければ、そのビールとレモンソーダ、ここでカクテルにすることもできますよ」

いま買ったばかりの缶ビールとジュースがカクテルになるのかと驚き、どうせここで酒を飲むのならばと、頼んでみることにした。

「こいつの作るカクテルは最高だぜ」

いつの間にかカウンターのなかに入っていたスカジャンがニッと笑う。

「なぜあなたが自慢げに言うのですか?」

「別にいいだろ。俺の店なんだから」

「すみません。いくら店主とはいえ、あなたがここにいるとバーの雰囲気が台無しになりますから。どうぞカウンターの外へ」

スカジャンは「チェッ」と言って、すごすごと退散する。この二人の力関係がわからないが、スカジャンが悪い人ではなさそうだということはわかった。

ひとりになったバーテンダーはスッと小さな呼吸をする。

そして流れるような所作で脚つきのグラスを取り出した。そこにビールを半分注ぎ、残りを同量のレモンソーダで静かに満たす。

「パナシェです。どうぞ」

しゅわしゅわと泡がはじける目の覚めるような透明なイエロー。

そのわくわくするような色合いに、はやる気持ちを抑えきれず、ひとくち飲んで驚いた。

ビールの苦みと、甘いレモンソーダの絶妙なバランス。飲み口も爽やかで、ごくごくと飲めてしまう。

缶ビールとペットボトルのレモンソーダを混ぜるだけで、こんなにおいしくなるなんて。

まるで魔法のようだと目を丸くしていると、いつの間にか横に来たスカジャンが「だろ？」とうれしそうに笑った。

俄然《がぜん》カクテルに興味がわく。するとたんに、ずらりと並ぶ色とりどりの酒瓶が、まるで宝石のほうに輝いて見えた。

もっとカクテルを楽しんでみたい。

そう思うと、バーテンダーが言った。

「ここは角打《かくう》ちバーです。あなたのためにとっておきのカクテルを――」

第一話　夢のはじまりのカクテル

「よろしければ御社の財務状況を見ましょうか？」

銀色のアンダーリム眼鏡をカチャリと上げ、瀬名薫《せなかおる》がそう言うと、常連客の鶴田《つるた》は「えっ？」と真顔になった。驚いたのも無理はない。

ここは赤羽《あかばね》にあるオーセンティックなバー「松の香《まつのか》」。

そして薫は、そこで働くバーテンダーなのである。

黒い蝶《ちょう》ネクタイを締めたマスターの松原俊夫《まつばらとしお》が、ちらりと目だけを動かしてこちらを窺《うかが》った。鶴田は目を丸くして、ぽかんと口を開けている。

「どうかいたしましたか？」

薫が真顔になって言うと、ふっと息を吐いたあと豪快に笑った。

「さっきの話は冗談だよ、冗談」

「冗談？」

「そりゃ不景気は本当だけどさ。つる屋を始めて三十年。店を赤字にしたことたあねえよ。まっ、家のほうは火の車だけどな」

そう言って更に大きくガハハと笑い、ロックのウイスキーを飲み干した。薫はハッとして、またやってしまったと思う。

「申し訳ありません。前職で銀行員をしていたもので」

「へぇ、兄ちゃん元銀行さんか。どうりで」

どうりで、という言葉を反芻《はんすう》する。それはやはり、自分はバーテンダーっぽくないと、そういう意味なのだろうか。

鶴田は商店街でうどん屋の「つる屋」を営む敏腕店主だ。いかにも商売人らしい六十代の陽気な親父で、月末が過ぎるとやって来る。

つる屋はその名前のとおり、つるつるしこしこの手打ち麺が売りの店だ。鶴田は今でも毎日店頭に立っており、若い頃は名店で修業をしたという手打ちの腕を披露している。

そんな商売熱心な鶴田が、いかにも大変だというふうな顔をして、こう言った。

「世の中、不景気でまいっちゃうねぇ。こんなオンボロのうどん屋なんてさっさと畳んじまいなって、カミさんがうるさくてさ」

薫はその言葉を深刻に受け止めて、よかれと思い財務状況を見ようかと申し出たのだ。しかしこれは、鶴田の謙遜を含んだ冗談だったのである。

不景気なのは世の中であるし、つる屋は歴史のあるうどん屋でオンボロではない。カミさんはガミガミ言いながらも鶴田と一緒に汗を流しているわけで、さっさと畳んでしまえというのは、いわば愛ゆえの毒舌だ。

そもそもつる屋は開店と同時に人が溢《あふ》れる人気店だ。冷静に考えれば、そんな店の経営が大変な状態であるはずがなかった。

「失礼いたしました」

「なんの。真面目でいいじゃないか」

鶴田はそう言って笑ってくれたが、ジョークのわからない野暮なバーテンダーに、どこか呆《あき》れているようにも見えた。

「鶴田様。次はなにを飲まれますか」

渋い声が割って入り、薫はハッとする。失敗に気を取られて、彼のグラスが空になっていることに気づいていなかった。鶴田は「同じものを」と頼み、頷《うなず》いたマスターがごく自然な所作で接客を代わった。唇を噛《か》み締める。

洗い物をするために受け取った空のグラスは、氷がもう半分ほど溶けていた。

大手都市銀行で働いていた薫がバーテンダーに転職をして、この冬で半年になる。

自暴自棄になって飲み屋街を彷徨《さまよ》っていたあるとき、導かれるようにしてバー松の香に入った薫は、マスターのカクテルに魅了され弟子入りを申し出た。

お堅い職業から夜の仕事への転職という、あまりにも思い切った決断を歓迎する者は少なく、両親の猛反対を押し切ってのことだった。

マスターは二十歳でこの道に入り、もう四十年になるベテランである。

もともとはひとりでやっていた店なので人手は足りていたのだが、切実な顔をして「どうしてもバーテンダーになりたい」と言う薫のことを放っておけず採用をした。

とはいえ接客業はまったくの未経験。もちろん即戦力にはならない。

薫が見習い修行として初めてしたことは、マスターの動きを見ることだった。カウンターのなかという限られたスペースでスムーズに酒を出すための動線や段取りを覚え、客あしらいを勉強する。あとはひたすら掃除だ。

そしてようやくマスターと肩がぶつからなくなったころ、初めてジントニックを作ることを許された。

それ以来ときどき薫がカクテルを作るようになったのだが、マスターは彼の持つ能力と技術に驚かされることになる。

まずメジャーなカクテルのレシピはすべて暗記していて、作り方は完璧。できあがったカクテルは味のブレがなく整っており、まるで見本のようであった。知識に裏打ちされた立ち居振る舞いも、新人とは思えない堂々としたものである。ステアやシェイキングの技術も、みるみるうちに上達していった。細くしなやかだった彼の指には、生々しいシェーカーだこができていて、努力の跡が窺える。

薫のバーテンダーとしての将来を期待したマスターだが、しかしあることに気がついた。

薫には、客とのコミュニケーション能力が致命的に欠けていたのである。

元銀行員仕込みの堅苦しい喋《しゃべ》り方が、クールな見た目とも相まって板につき過ぎてしまい、客のほうが緊張してしまう。そうかと思えば、客の悩み相談に感情移入をしすぎてしまい、酔いが覚めるほど真剣に話を聞き入ってしまうこともあった。

さっきの鶴田とのやりとりのように、冗談を真に受けることはしょっちゅうである。

「瀬名くん。君はきっと、物事を真面目に捉えすぎていると思うんだよ」

マスターはそう言ったが、真面目一筋に生きてきた薫にとって、それは長年で染みついた癖のようなものだった。

接客のコツは言葉で教えることはできても、それを自分のものにして実践することは容易ではなく、本人の素質によるところも大きい。

薫の才能を買っているからこそ、マスターはなんとかこの壁を乗り越えてほしいと、そう思っていた。


夜も更けてきた頃、土曜日ということもあり店はだんだんと賑《にぎ》わってきた。

鶴田も顔を赤くして、もう何杯目かのウイスキーを味わっている。

店名の由来となっている松の一枚板のカウンター席は、ほぼ満員。十席のうち二席を残すのみだ。

ギィッと扉が開いて、冷たい風が吹き込む。

「こんばんは！」

華やかな女性の声が響き渡り、カウンターに座る男性たちが思わず振り返った。

現れたのは常連客の加治美佐子《かじみさこ》。地元で工務店を営む女社長で、土曜日の夜になると居酒屋をはしごしたあと、いつもひとりで店を訪れる。

「よう！　加治の嬢ちゃん！」

鶴田が片手を上げた。二人は地元で商売をする者同士、顔見知りだ。

「ちょっと嬢ちゃんはやめてちょうだいよ。お隣いいかしら？」

美佐子は鶴田に聞くのと同時に、カウンターの奥にも視線を送る。客がどこに座るかを決めるのはマスターの裁量だということを知っているからだ。マスターが笑顔で頷いたのを確認して、美佐子は隣に腰掛けた。

上等そうなセーターをさらりと着こなし、大きくカールしたロングヘアを揺らすだけで絵になる美女の登場に、店の雰囲気は密《ひそ》かに華やぐ。鶴田の背筋も心なしか、さっきより伸びているようだ。

「今日は忙しそうね」

美佐子が薫に言った。彼女の相手はたいていマスターがするのだが、あいにく他の客を接客していて手が離せない。

薫はマスターに接客の許可をもらうべくアイコンタクトを送る。

すると笑い皺《じわ》がやさしく動いた。

大切な常連客の接客を任された薫は、すっと背筋を伸ばす。美佐子とマスターのやりとりは毎週見ていたので、彼女の性格や酒の好みは把握しているつもりだ。

さっきのリベンジというわけではないが、今度こそうまい接客をしようと深呼吸をした。

「いらっしゃいませ、加治様」

「あら、名前覚えてくれてるの。お話するのは初めてね。ハイボールをちょうだい。ウイスキーはなんでもいいわ」

「かしこまりました」

薫は慣れた手つきで冷やしたグラスを用意すると、そこに角氷を入れる。

最初に選ぶ氷は、グラスの底面積よりひとまわり小さいものだ。バースプーンを回しやすくするためである。

そして適量のウイスキーを注いでステア——かき混ぜる。ウイスキーは常温であるため、この作業をしてよく冷やすことが大切なのだ。

十分にステアしたら氷を追加して、最後に炭酸を注ぐ。

注ぐときは炭酸がとんでしまわないように、氷とグラスの隙間にゆっくりと。

「どうぞ、ハイボールです」

「ありがと——うん、おいしい！　やるじゃない、新人くん」

しゅわしゅわと弾《はじ》ける炭酸のように、美佐子の顔がパッと華やいだのでほっとした。

「ありがとうございます。今日は二軒目ですか？」

「うん、さっきまでは友達とせんべろで飲んでたの。もつ焼きのおいしい店でさ。ビールをジョッキでくーっとね。たまらなかったわ～」

その味を思い出しているのか、美佐子はほうっとため息をつく。

「そんなにうまかったのかい？」

たまらず鶴田が話しかけると、美佐子は店の名物について詳細に食レポを始めた。炭火で焼いたぷりっぷりのホルモンと香ばしいレバーのたれ焼き。塩でぎゅっと味のしまった歯ごたえのあるハツに、誰もがやみつきになる塩だれキャベツ。

「そして冷たいビールをぐいっと呷《あお》るってわけよ」

彼女の話し方は感情豊かで、まるで自分もその場にいたかのように、賑やかな居酒屋のテーブルが目に浮かんでしまう。鶴田の喉がごくりと鳴った。

「赤羽は安くておいしい店が多いですからね」

薫が言うと、美佐子はうれしそうに頷いた。

「そーなの！　つい飲み過ぎちゃう」

「お友達は帰られたのですか？」

「うん。みんな子どももいるしね。ひとりでバーを楽しめるのはアラフォー独身女の特権よ」

美佐子がグラスを持ち上げ、氷をカランと鳴らした。

特権だと言いながらも、その瞳がどこか寂しげに見えたのは気のせいだろうか。

「ねぇ、新人くん。名前なんて言うの？」

「瀬名と申します」

「へぇ、ロンバケだ！」

「ロンバケ……？　すみません、わかりません」

「知らないの？　『ロングバケーション』。君、いくつ？」

「二十九です」

「そっか。二十九歳は知らないのね、ロンバケ。って、そりゃそうか。考えてみたら、もうずっと前のドラマだものね。なのに、つい最近のことだったような気がしちゃう」

美佐子はちびりとハイボールを舐《な》めるように飲み、「あのドラマよかったなぁ」と呟《つぶや》く。

そして薫のためにと、身振り手振りを使ってドラマのあらすじを話してくれた。その話しぶりは感情豊かを越えて、まるで一人芝居のようだった。隣の鶴田も琥珀《こはく》色を揺らしながら引き込まれていく。

主人公の二人が結婚をするというハッピーエンドに到達したところで、なぜか美佐子の顔が曇った。

「ねぇ、瀬名くん。結婚ってそんなにいいものなのかな？」

溶けた氷がカラリと鳴った。

なんと答えてよいかわからず、薫は黙ってしまう。

結婚というのはデリケートな話題だ。彼女がどういう意図でこの話題を振ったのか、慎重に考えてから答えなければいけないと、そう思ったからだ。

ひとりバーで飲むことを特権と言ったこと、独身、彼女の年齢、『ロングバケーション』、そしてさっき見せた寂しげな表情——しかし薫には経験が足らず言葉が見つからない。

カウンターを挟んで、気まずい時間が流れてしまった。

「すみません。私は結婚をしたことがないので、わかりません」

的外れな回答をするよりは、と思い正直に伝える。すると美佐子は呆れたような表情で
「そっか」と一言だけ言った。

薫の回答は誠実だが、バーに来る客にとってはつまらない答えだ。

美佐子は話を続けた。

「私ね、実は十五歳も年下の恋人がいるの。いま二十七だから……そっか、君と年近いのね。付き合ってもう何年になるんだろ。その彼、役者でね。でもほら、それだけじゃ食っていけないじゃない。だから私が援助してるの」

「生活の面倒を見ているということですか？」

「まぁ、そういうこと」

「その彼はどうして定職に就かないんです？」

薫は率直に疑問に思って聞いた。

「アルバイトはしてるわよ。でも劇団に入っているから、急な稽古とかあってなかなか難しいみたい。まぁ、仕方ないわよね。その劇団ね、小さいけどなかなかいい芝居するのよ。しかも彼ね、今度は主役を張るの！　吉祥寺《きちじょうじ》の劇場で一月から一週間。演目は完全新作で、台本読ませてもらったんだけど、なかなかいい脚本なのよ」

美佐子はそう言って、芝居の内容を嬉々《きき》として語り出す。

それを聞きながら薫は、だからといってどうして、定職に就かず女性に養ってもらうこ

とが「仕方ない」ことになるのだろうと、ずっと考えていた。

するど話している途中、美佐子のスマホが震えた。

彼女は店に入るとすぐに、必ずスマホをカウンターに置く。「休みなのにおかまいなしで電話がかかってくるのよね」ということだったが、様子を見るにその通知はどうやら仕事の連絡ではないようだった。

「ちょっとごめんなさい」

と、飛びつくように画面を操作する。しばらくして、小さくため息をついた。

「今日も稽古、か」

「さきほどおっしゃっていた恋人の方ですか」

「ええ、土日は急に稽古の予定が入ることが多いんですって。でもこうして連絡をくれるだけマシになったわ」

「えっ、それはどういう――」

「あいつ、昔っから女癖が悪くてね。稽古だってのも本当なんだか。まぁ役者やるような男だからしょうがないけど」

美佐子はそう言って、まるでなにごともなかったかのようにハイボールを呷った。

「待ってください。いったい何がしょうがないのですか?」

「えっ？　顔のいい役者だからよ」

美佐子はこともなげに言ったが、まったく意味がわからない。

しかし、グラスを揺らしながらそう言う美佐子の表情は、どこか誇らしげにすら見えた。

薫は彼女の言葉をどうにか理解しようと頭のなかを整理した。

役者だという恋人の男性は、美佐子に生活の面倒をみてもらっておきながら女癖が悪く、今も彼女に不安を与えている。

そんなことは男として、いや人間として最低なことだ。

女遊びは芸の肥やしということで美佐子は許しているのかもしれないが、こんな関係は彼女にとってなんのメリットもない不毛な恋愛である。

さっきから彼女は「仕方ない」としきりに言うが、それは自分に言い聞かせているだけなのではないだろうか。

こうして自分に話したのも、きっと思うところがあってのことだろう。

心のなかでは、きっと別れたいと思っているに違いない。

目を覚ましてあげようと、薫は思った。

「失礼ですが、その男性とのお付き合いは考えたほうがいいのではないでしょうか」

「えっ？」

と、美佐子のグラスを持つ手が止まる。

「どうしてそんなことを言うの？」

「率直に言ってその男は最低です。その年で定職にもつかずお客様の収入をあてにするなんて相当なダメ男だ。お客様にはもっとふさわしい相手がいらっしゃるはずです」

美佐子は「ちょっと待ってよ」と言って薫の言葉を遮った。

「私、別れたいなんて言った？」

「違うのですか？」

真顔になった薫の顔を見て、美佐子はため息をついた。

「そうね、新人くんの言うとおり。たしかにあいつは最低のダメ男よ。でも――」

さっきは瀬名と名前を呼んでいてくれたのが、急によそよそしくなり、新人という言葉を強調して言った。

まだ半分以上ハイボールの残ったうすはりのグラスをそっと置く。

そして「はぁっ」と深く息を吐き、両手をついて立ち上がった。

「あんたに言われる筋合いはないから！」

美佐子の悲鳴にも似た怒鳴り声が響き、店は静まり返る。

すぐに謝らなければ、と薫は思った。

しかし突然のことに声が出ない。

真っ白になった頭で、ふと銀行員時代にした窓口でのクレーム対応のことを思い出した。クレームにはそれを解決するためのマニュアルがある。だから口下手な薫でも、そのとおりに話せば乗り切ることができた。

しかしバーの接客にはマニュアルがない。そもそもこれはクレームではなく、ただ客を感情的に怒らせてしまったという状況だ。

どうしたらいいのだろう。薫には対応の仕方がまるでわからなかった。

返事がないとみた美佐子はわなわなと唇を噛み締める。そして怒りが頂点に達してしまったのだろう。隣の鶴田が頼んだばかりのチェイサーの水を手に取ると、目の前にいる薫にぶちまけた——はずであった。

彼のさらりとした黒髪を濡《ぬ》らすはずだった水を代わりにかぶったのは、壁一面に並ぶ酒瓶たち。

薫は自分にかけられた水を思わず避けてしまったのだ。

鶴田が「あーあ」と小さく言った。マスターは新人バーテンダーがおかした失敗を冷静な表情で見ている。

店内がひやりとした冷たい空気に包まれた。

「申し訳ありませんでした」

薫はとにかく頭を下げる。

「ねぇ、どうして私が怒ったかわかる？」

「…………」

その理由が答えられなかった。

美佐子は「やっぱり」というように、ふっと笑みを浮かべると、鼻をならした。

「あんたってほんとうにバカ真面目ね！」

薫の肩がハッと上がった。

「でも、そんなんじゃバーテンダー失格よ」

誰も薫をかばう者はいなかった。

店員に怒鳴り、水をかけようとした彼女のことを誰も、チェイサーを横取りされた鶴田でさえ咎《とが》めないのは、その怒りが正当だという証《あかし》である。

マスターは深く頭を下げた。

「お客様、申し訳ございません。瀬名が大変失礼をいたしました」

しかし美佐子の怒りは収まらない。彼女はカウンターに置いていたスマホを手に取り、ハイボール代の千円札を一枚置くと、

「マスターごめんね。私もうこの店には来ない」

最後の台詞を残して店を出て行った。

冬の夜の寒々とした風が、冷たく店内に吹き込んだ。

「瀬名くん、少し濡れたね。着替えておいでよ。それから今日はもう上がっていいよ」

ネクタイが締められた白いシャツと黒のベストは少しも濡れていないのに、マスターは静かにそう言った。

＊　＊　＊

カーテンの隙間から降り注ぐ昼間の陽光で薫は目を覚ました。

松の香の営業時間は十九時から二時までで、早朝に寝て日中に起きる生活にはまだ少し慣れない。

しかし今日よく眠れなかった理由は、美佐子の一件があったからだろう。

寝不足でぼうっとする頭で歯を磨きながら鏡をじっと見た。

バーテンダー失格だと、彼女に言われた言葉が頭に浮かぶ。うがいをして、再び鏡に映ったった自分の顔を見て、薫はため息をついた。

スッとした切れ長の瞳に、不機嫌そうな真一文字の薄い唇。

昔から笑うのが苦手だった。そのせいか意識して口角を上げようとすると、筋肉がピクピクと引きつってしまう。

理知的な顔つきといえば聞こえはいいが、接客業をするには冷たすぎる印象だ。

――やはり自分はこの仕事に向いていないのだろうか。

鶴田の冗談を見抜けず、美佐子の恋愛相談にアドバイスをしたつもりがあんなにも怒らせてしまった。

濡れた口元を洗い立てのタオルできれいに拭い、パリッとしたシーツで整えられたベッドに倒れ込む。目の端に大きな本棚が映った。上段に並んでいるのは、バーやカクテルに関する様々な専門書だ。薫はそのすべてを読破し、中身もほぼ暗記している。

技術を習得するための勉強と自宅練習は欠かしたことはない。

本を読み、インターネットでバーやカクテルに関する最新情報を収集。

実技の練習では、マスターの所作を思い出しながら、シェイカーに米を入れて、さらさらと音が鳴るようになるまで何度も振った。

意外にも難しいのはステアだ。腕と手首を固定した状態でバースプーンの中央を持ち、指の動きだけで氷に触れないよう静かに回転させる練習をする。ちょっとしたことが仕上がりに大きな差をもたらしてしまうので、ステアの練習は丁寧に行った。

道具と材料を揃《そろ》えて、カクテルレシピの研究もしている。

そのおかげで、バーテンダーとしての実務的な技術は向上したはずだ。

しかしどんなに努力をしてもままならないものがある。それが接客技術だ。

薫は寝転がったまま、本棚に向けた視線を一番下までやった。人目から隠すように並んでいるのは、派手なデザインの背表紙。どれも接客業向けのハウツー本である。

のろのろと立ち上がり、そのひとつを手に取るとパラパラとページをめくった。しかしそこに薫の望む答えは書いておらず、本を手に持ったまま再びベッドに倒れ込む。

原因はわかっているのだ。

エリート志向で厳格な父親と、その父に言いなりの母親に育てられた薫は、楽しむことや笑うことがあまりない家に育った。

特に父親の教育は厳しかった。私立中学の受験を皮切りに高校・大学は名門校へ進学することを一方的に決められた。父の命令は絶対。気弱な母親は夫から不行き届きを責められる恐怖から、薫に偏った育児をするようになった。テレビを観るのは禁止。漫画や映画など、娯楽の類は一切許されない生活。

学生時代は交友関係にまで口出しをされた。だから薫には、誰もが送る普通の青春らしい思い出が何もない。

自分の生きてきた環境はおかしいのではないかと気づいたのは、大学に入ってすぐのことだった。しかしそのときにはもう友人の作り方も、人生の楽しみ方すらもわからなかったのだ。

それからも両親の干渉は続き、就職は公務員か大手都市銀行のみと、選択肢は与えられなかった。いまどき古い考え方であるが、薫はそれにもおとなしく従った。

ずっと決められたレールしか歩んでこなかった薫に、やりたいことなど何もない。思いつかなかったのだ。

――こんな自分に、楽しい会話なんてできるはずがない。

薫は天井にある染みをじっと見つめた。狭くて古いワンルーム。貯金はあったが、今後のことを考えて住居にかかる費用は節約をした。裕福な家に育った薫にとって生活の変化は大きかったが、それでもあの息の詰まるような家にいるよりは何倍もマシだ。

家を出て、仕事を辞めて、変わりたかった。

片方の手でシャツの胸元を思わずぎゅっと摑《つか》む。

薫はマスターに出会った日のことを思い出した。

その日は、どしゃぶりの雨だった。

強い酒を飲んで酔いつぶれてしまいたいと夜の街を彷徨っていた薫は、突然の雨に傘もなくびしょ濡れになっていた。

早くどこかの店に入らなければと思ったが賑やかな居酒屋には行く気にはならず、雑居ビルが立ち並ぶ路地裏でようやく見つけたのが、松の香だった。

普段なら見逃してしまいそうな小さな看板。

うつむいていたから、地下へと続く階段を見つけることができた。

まるで来客を拒むかのような分厚い木の扉を見て、なぜか安心したのを覚えている。

――ここならひとりになれる。

ギィッと重い扉を開けると、天候のせいか客は誰もいなかった。

この店のマスターと思しき、黒のベストに蝶ネクタイを締めた五十代くらいのバーテンダーがひとり、抑えのきいた渋い声で「いらっしゃいませ」と出迎える。

マスターは薫の姿を見てハッとし、「少々お待ちください」と言って一度カウンターの奥へ引っ込んだ。そして真っ白なタオルを持って現れ、薫に差し出した。

びしょ濡れで店に入ってしまった非礼を謝る。するとマスターは「いえ、お客様が風邪を引いてしまいますから」と笑った。

導かれるようにして店に入ったものの、バーで酒を飲むのは初めてだった。何を頼んでよいかわからず、薫はとりあえず目的の強い酒を頼む。マスターは少し考えてから「かしこまりました」言って、壁面に並んだ酒瓶をいくつか手に取って並べた。

流れるような手つきで用意したシェイカーに氷を入れて、それらの材料を注いで構える。見ているこちらの背筋が伸びてしまうほどの凛《りん》とした佇《たたず》まいに息を飲んだ。すっと息を吐いた音がして、静かな店内にシャカシャカと心地のよい音が響く。

「ザ・ラストドロップです」

カクテルグラスに注がれたのは、鮮やかな朱色。

手に取るとみずみずしいフルーツの香りがふわりと鼻に抜けた。

「ピーチリキュールにブランデーとフレッシュオレンジ、そしてクレーム・ド・カシスを使ったカクテルです」

「ピーチリキュール……」

思わず呟いたのは、ピーチのリキュールにカシスやオレンジという材料が、注文した強い酒のイメージからは程遠かったからである。

見た目もなんだか華やかでかわいらしい印象だ。

ひとまずゆっくり口に含んでみると、フルーティーで上品な甘みが薫の舌を楽しませた。

しかしその味はやはり、甘く口当たりのいいものである。

「とてもおいしいですが、私には飲みやすいカクテルのように感じます。私は、強い酒をとオーダーしたのですが」

薫はその中性的な見た目のせいで、女々しいイメージを持たれることがよくあった。

強い酒が飲めるようなタイプではないと暗に言われたようで苛立《いらだ》っていると、マスターが静かに言った。

「差し出がましいかもしれませんが、今のお客様に必要なのは強い酒ではなくやさしい酒です。今日の雨のように」

「今日の雨がやさしい？」

言っている意味がわからなかった。

天気予報にはなかった突然の大雨である。その勢いは痛いほどで、梅雨時季のべっとりとした空気も、貼り付いたワイシャツも気持ちが悪い。

——何がやさしい雨なものか。

適当なことを言うバーテンダーに腹を立てた薫は、眼鏡を上げようとしてハッとする。

さっきタオルでしっかり拭いたはずの頬が濡れていたのだ。

「私は、いつから」と、思わず呟く。

「店に入って来られたときからずっと、お客様は涙を流していらっしゃいました」

「そんな、私が……ずっと……？」

自分が人前で泣くなど、あり得ないことだった。

「大丈夫です。今日はどれだけ涙を流されても、雨が隠してくれますから」

突然の雨は、いい年をした男の涙を隠してくれたやさしい雨。

自分が泣いていることにも気づかない、こんな精神状態の人間に強い酒は毒である。

それをわかって、マスターはそんな雨のようにやさしい酒を差し出してくれたのだ。

「どうぞ最後の一滴まで、ゆっくりと味わってください」

薫は初めて顔を上げた。

目の前にいる男は、決して親しみやすい風貌ではない。むしろよく見れば、鋭い目つきの強面だった。

しかしその眼差しは夜に光る月のようにひっそりとあたたかい。

ドロップの意味は雫。

その言葉はまるで、最後の涙一滴が流れるまでここに居ていいと、やさしく言ってくれているかのようだった。

薫は人生で初めて人前で声を上げて泣いた。

幼いころから今までの薫の人生は、ピンと張りつめた糸のようだった。期待に応えるのが当たり前の人生。はたから見れば、それは挫折知らずのまっすぐな糸だったかもしれない。

しかしそれは細く頼りなく、その先がどこにつながっているのかもわからなかった。

その糸が、プツンと切れてたゆむ。ふわりと、開放されたような気がした。

マスターが薫のために作ってくれたカクテル——ザ・ラストドロップは、まるで子どもの頃に見つけた宝物のようだった。

文字どおり最後の一滴までカクテルを堪能した薫は、その翌日に退職届を出した。

そしてその足で弟子入りを申し込んだのだ。


薫はため息をついて、寝ころんだまま手に持っていたハウツー本を再びめくってみる。

しかし書いてある言葉はどれも心に響かず、目からつるつると滑り落ちていった。

『大切なのはお客様の気持ちに寄り添うことです』

その一文だけが大きく目に飛び込んできて、薫はぎゅっと唇を噛み締めた。そんなことはわかっている。教えてほしいのはそのやり方なのだ。

——人の心に寄り添える人間になるにはどうしたらいいか。

薫はずっと考えていた。

そして、その答えがバーテンダーという仕事にあると確信したのだ。

もう後戻りはできない。だって、あの笑顔を知ってしまったから。

それは初めて作ることを許されたジントニック。新規だがバーには詳しいという客が、「おいしい」と言って笑ってくれた。

誰かのために心を込めておいしい酒を作ること、そしてそれを飲んだ客が喜んでくれること。

そういう幸せをバーテンダーになって知ってしまった。

探している答えに辿《たど》り着くまで、きっとあともう少し。

しかしそのもう少しが、はてしなく遠く感じた。

＊　＊　＊

「おはよう。瀬名くん」

開店時間の一時間前に出勤をすると、マスターはいつもの笑顔で迎えてくれた。

薫はひとまず胸を撫《な》で下ろし、着替えを済ませてカウンターへと入る。そしてグラスを磨いているマスターに頭を下げた。

「昨日は申し訳ありませんでした。私のせいで大切なお客様を失ってしまいました」

マスターはこちらを見ないまま、次に拭くグラスを手に取る。薫はもう一度頭を下げた。

「謝る相手は僕じゃないよ。しかしもう彼女に謝る機会は失われてしまった。これが接客業の怖いところだね」

客との出会いは一期一会。だから作る酒も会話も一生に一度のものと心得て、相手を喜ばせるために誠意を尽くさなければならない。

それは相手が常連であっても、いや常連だからこそ忘れてはいけないもてなしの心だと、マスターから日々言われている薫は押し黙った。

「どうして美佐子さんはあんなに怒ったのだろうね？」

ほんとうのことはもう確かめようがない。しかしだからこそ、このことをもう一度問わなければいけないと、マスターは思っていた。

「私のせいです。お客様のためによかれと思ってしたアドバイスでしたが、お門違いでした」

マスターは「アドバイス」と言って、ふうむと唸《うな》った。

「彼女が話していたこと、あれはそもそも恋愛相談だったのかな？」

えっ、と顔を上げる。

結婚とはどういうものかと薫に尋ねたとき、彼女の表情はたしかに憂いを帯びていた。そして恋人の生活の面倒見ていると話し、あまつさえその男には浮気癖がある、と。それを聞いた薫は当然のように、美佐子はそのことを悩んでいるのだと思ったのだ。芝居がうまいだの顔がいいだのという言葉は、きっと自分に言い聞かせるための言い訳に過ぎない。だから「別れたほうがいい」とアドバイスをした。

今回の結果は、さっきマスターに言ったように、そのアドバイスが見当外れのものだったことで引き起こしてしまったことだと、薫はそう思い込んでいた。

「僕が思うにだけれど、彼女は恋人を養っていることも、その恋人の女癖が悪いことも、悩んでなんかいなかったんじゃないかな」

「どういうことですか？　ではどうして美佐子さんはあんな話を」

「ただ、聞いてほしかったんだよ」

「ただ、聞いてほしい……」薫は繰り返した。「結婚がどういうものかと聞いたことにも意味はない。強いて言えば、歳《とし》が離れた恋人と年齢の変わらない、若い君の意見を聞いてみたかったのかもしれないね。答え合わせをするのは野暮だが、君がちゃんと答えるべきはこのシーンだった。あとのことは僕が思うに……惚気《のろけ》だ」

惚気、と薫は繰り返した。

恋愛ごとに明るくない薫には、あれが惚気にはとても思えない。納得できないという表情を見てとったのか、マスターは続けた。

「ダメ男とわかっていても愛してしまう。そういう女性は、君が思っている以上に案外多いんだよ」

誰かを思い出しているかのように、ふっと笑みを浮かべた。

マスターのプライベートは謎に包まれている。常連のマダムが「マスターは過去にいろいろあったものねぇ」と意味ありげに言っていたことがあるが、その「いろいろ」を薫は知らない。

「やはり私は考え方が真面目すぎると、そういうことでしょうか」

「真面目は悪いことじゃないよ。おかげで君はとても優秀だ。レシピの覚えは早いし、勉強熱心で技術もずいぶん早く身につけつつあるし、申し分ない。でも、そうだな。もっと遊びを覚えたほうがいいんじゃないかな」

「それは美佐子さんの恋人のように、女遊びをしろという意味でしょうか？」

大真面目にそう言うと、「そういうところだよ」とマスターが珍しく声を上げて笑った。

「思うに君の頭の中には、書き込みが多すぎるんだ。だから相手のことを見る余裕がない。いいバーテンダーはね、客の話を真面目に聞き流すんだよ」

「真面目に聞き流す……」

その二つは矛盾しているようにしか思えず腑《ふ》に落ちない。

「そう。そして否定も意見もしてはいけない。客のありのままを受け止めて、美味い酒を出せばいいんだ」

マスターはそう言って、磨いたグラスを灯りに透かした。

「もしかしたら、いま君に必要なのは――」

そう言いかけたとき、重いはずの扉が軽々と開く音がして、底抜けに明るい声が飛び込んできた。

「ちわーっす！　配達っす！」

ドアを開けたのは「酒屋あかい」の店主、赤井龍巳《あかいたつみ》だった。

酒を仕入れている店のひとつで、配達にやって来たのだ。その姿を見て薫の体がぴくりと強張《こわば》り、眉間に皺が寄った。

「あれ？　なんか深刻な感じっすか？　すんません、タイミング悪かったみたいで」

口では謝りながらも悪びれる様子はなく、その顔はニカッと笑っている。

百八十センチを軽く超えているであろう身長に、服を着ていてもわかる形のいい筋肉。目つきはキリっと鋭く、その口の端はいつも何かを企《たくら》んでいるように上がっている。そんな表情で「すんません」と頭を下げられても、心からそう思っているようにはとても見えなかった。

だからというわけではないが、薫も「いえ」とぶっきらぼうに伝票を受け取った。サインをしながら、じっと横目で彼を見る。

今日も相変わらず、すごい恰好《かっこう》だ。

髪型は夜の街をウロウロしていそうなツーブロックで、オシャレとは言い難いダメージすぎるジーンズ。履き潰したプーマの白いスニーカーは、薄汚れてもはやグレイだ。

極めつけは、背中にでっかい龍の刺繍が入った真っ赤なスカジャン。

このスカジャンは彼のトレードマークで、赤に龍の入ったそのデザインは、赤井龍巳という自分の名前に由来してのことらしい。

そのこだわりをはじめて聞いたとき、薫は端的に言って「ダサい」と思った。

繁華街をウロつくヤンチャな若者ならまだしも、彼はもう三十一歳なのだ。

「で、今日は俊《とし》ちゃんのありがたいお説教ってとこか？　ボーヤ」

そして何より我慢ならないのは、そんな男にいつも子ども扱いをされていることである。

たしかに自分は華奢《きゃしゃ》で、背も高いほうではない。だから体格に恵まれた彼からすれば、思わずボーヤと言いたくなってしまうのだろう。

しかしいくら馴染《なじ》みとはいえ、取引先オーナーであるマスターのことを俊ちゃんとあだ名で呼んだり、こんなみっともない恰好で客先にやって来るほうがボーヤなのではないか。そんな薫の気持ちを知ってか知らずか、龍巳が煽《あお》るようにニヤニヤとして言った。

「あんまり新人に焼き入れちゃダメっすよ」

「そんなことしないよ。龍巳くんじゃないんだから」

「イヤだなぁ、俺はもうそういうの卒業したっすから」

卒業した、ということは過去にはやっていたということなのだろうか。彼の言う「焼き入れ」がいったい何を指すのかはわからないが、想像して身震いした。

そう、赤井龍巳はここらでは有名な元ヤンキーなのである。

有名というのは、赤羽界隈《かいわい》を仕切る不良チームのトップに君臨していたということで、全盛期（というのが何を指すのか薫にはわからないが）には、二百人ほどの仲間をまとめていたという。

初めて彼に会ったとき、マスターから「彼は昔、赤羽のレッドドラゴンと呼ばれていてね」と、紹介された。

薫は「赤羽のレッドドラゴン」と繰り返した。

これは二つ名というもので、ヤンキーの世界ではよくあることらしい。もちろんレッドドラゴンというのは、赤井龍巳の名前からきているのだろう。

なんと浅はかな、いや、わかりやすい親切なネーミングなのかと、むしろ薫は感心してしまった。

「もし苗字が青井《あおい》だったら、それはブルードラゴンになっていたのですか?」

皮肉のつもりでそう聞くと、龍巳は「それもかっこよかったなぁ」としみじみ言った。

「まぁ昔はヤンチャもしたけどさ、今はマジメにやってるよ」

元ヤンと紹介された龍巳は、そう言って笑った。

しかしいくら元がつくとはいえ、過去にしてきた悪さを「ヤンチャ」で済ますのは卑怯というものだ。

正義感が強く真面目な薫は、ただでさえヤンキーという人種を好ましく思っていない。だから取引先とはいえ、この酒屋の店主がどうしても苦手なのだった。

しかしマスターは龍巳のことをいたく気に入っているようで、配達に来るとうれしそうな顔をして世間話に花を咲かせた。

「そういえば、龍巳くん。いわゆる悪い男と付き合っている女性のことをどう思う?」

ドキリと心臓が跳ねた。

「おっ、なんかおもしろそうな話だな」と、龍巳が前のめりになる。

マスターは少し嘘《うそ》を混ぜて美佐子のことを話した。

もし知り合いの女性が年下のヒモ男と付き合っていて、その男が浮気していると知っても別れる気はなく、バーでそのことを淡々と話したとき——。

「ちなみにもし龍巳くんがバーテンダーだったら、彼女になんと言うのかな?」

マスターが聞くと、龍巳は「そうだなぁ」と天井を仰いでから言った。

「まぁ、俺ならこう言うと思うぜ。『それだけいい男なんだな』ってな」

「なるほど、龍巳くんらしいねぇ」と、マスターの両眉が上がる。

なぜ浮気までしているヒモ男がいい男なのだろうか。薫にはわからない。

しかしマスターが龍巳の答えを褒めたことで、悔しくなってつい噛みついてしまった。

「どうしてそんなダメ男が、いい男なんですか？　彼女にとっては、なんのメリットもないでしょう」

「おいおい、ボーヤ。恋はメリットデメリットでするもんじゃねーだろ」

うっ、と押し黙ったのは、薫には偉そうに語れるような恋愛経験がほとんどないからだ。

しかしそれをこの男に悟られるのはどうしてか恥ずかしく、大きな声が出てしまった。

「そ、それじゃあ。あなたの考える恋愛とはどういうものなんです⁉」

「そうだな……こう、心にぐっときて、頭がカーっとなって、とにかくすげえ熱いもんだな」

薫の顔を覗《のぞ》き込むようにして、龍巳がニッと笑う。

眉毛はキッとつり上がっているが、その目は間近で見ると、意外にもやさしい垂れ目だった。左耳にピアスの跡がある。

「っ……ち、近いです！」

薫は慌てて顔を引いた。

彼のこういうところも苦手だった。元ヤンキーの習性なのか妙に仲間意識が強く、物理的にも心理的にも距離が近すぎるのである。

「ああ、悪ぃ悪ぃ」

「それからさっきの答えも、抽象的すぎて私にはわかりません」

苛立ちから強い口調で言ってしまったのに、龍巳はなぜかうれしそうにニヤリと笑った。

「そうか。それじゃあもう少し、色恋沙汰を勉強しねーとな、ボーヤ」

「そ、そんなことあなたに言われる筋合いはありません！」

つい大声を出してしまい、「あっ」となった。

皮肉にも、今のやりとりで美佐子の気持ちを理解することができてしまったからだ。

「おっと、そろそろ次の配達先に行かねえと」

納品を終えて、彼が片手を挙げながら店を出たあと、マスターが言った。

「瀬名くんが感情的になるなんて珍しいね」

「申し訳ありませんでした」

龍巳に失礼な態度を取ったことを咎められたと思った薫は頭を下げる。

しかしマスターの顔には、なぜか笑みが浮かんでいた。

＊　＊　＊

　それから再び土曜日の夜がやって来たが、やはり美佐子は店に来なかった。

　仕方のないことだとは思いながらも、毎週見ていた馴染みの顔がいないことの寂しさは想像以上で胸が痛い。

　しかしいつまでも落ち込んでいるわけにはいかず、薫は接客の技術を向上させようと、以前にもまして本を読み練習に励んだが、ぽっかりと空いた心の穴は埋まらなかった。

　そんなある日の開店前、マスターから足りないリキュールを龍巳の店に取りに行ってほしいと頼まれた。

「わかりました」と言って、制服の上にコートを羽織る。

　あの几帳面なマスターが在庫の読み間違いをするなんて、珍しいこともあるものだと思いながら店へと向かった。


　酒屋あかいは、昔ながらの町の酒屋だ。

　外観は瓦屋根で昭和レトロ。二階は自宅になっていて、一階とのつなぎ目に「酒屋あかい」と書かれた看板を大きく掲げている。

「ごめんください」

　季節によっては開けっぱなしになっている、古びた引き戸をカラカラと開ける。

　床は打ちっぱなしのコンクリート。誰もいないのか、ひやりとした空気が薫を包み込んだ。

もう一度、さっきよりも大きな声を出す。

するとドタドタと慌てて階段を降りる音が聞こえ、レジカウンター奥の暖簾から店主が顔を出した。

「らっしゃっせー！　おっ、ボーヤじゃねーか」

龍巳はニカッと大きな口で笑ったが、薫は反射的にムスッと口を閉じてしまった。

「注文していたリキュールを取りに来ました」

「おう、待ってろよ」

龍巳は大げさな動きで、しかし瓶を扱うときは酒屋らしくとても丁寧に注文の品を取り出した。

「あいよ。言ってくれれば届けに行ったのに」

「たった一本を届けてもらうのは悪いからとマスターが」

「へへっ、俊ちゃんらしいな！」

龍巳はいつもどおりの様子であったが、先日のこともあって薫は気まずかった。

いくら感情的になっていたとはいえ、彼にしたことは単なる八つ当たりである。その失礼はきちんと詫《わ》びなければいけないと、そう思った。

「このまえは申し訳ありませんでした」と、深く頭を下げる。

しかし龍巳は、きょとんとして目を丸くしていた。

「は？　何が？」

「何がって、私は先日、あなたに失礼なことを言ってしまいましたから」

「ああ、んなの別に気にしてねえよ。そもそも失礼なことを言われた覚えもねえしな」

それはやさしさで言っているのだろうか、それとも本当に気にしていないのか。

歯を見せて大きな口で笑う表情は、どちらにもとれた。

「で、あれからどうだった？　俊ちゃんにしっぽり叱《しか》られたか？」

あまりにもひどい間違いに、薫は「は？」と呆気《あっけ》に取られる。

「もしかして、こってり絞られたかと、そう言いたかったのですか？」

「ああ、そう！　それだ、それ！　しっぽりじゃなかったっけ？」

「違います！　いったいどんな間違いですか！」

「悪ぃ、悪ぃ。あっ、袋いるか？」

「いりません！」

何がおかしいのか、龍巳はガハハと声を出して笑っている。

やっぱりこの男は苦手だ。謝罪は済んだことだし、商品を受け取ってさっさと店に戻ろうと、踵《きびす》を返したそのときだった。

「なぁ、ボーヤ」

また、そう呼ばれた。

イライラしながらも「なんですか」と答える。すると思いがけないことを言われた。

「うちで一杯やってかねえか？」

「は？」

「だからよ、くいっと缶ビールでも一杯。バーテンダーなんだから、酒が飲めないってこたねーだろ？」

「そうじゃなくて、うちというのは？」

するとニカッと笑い、「ここだよ」と言って人差し指を下に向けた。

薫は自分が手をついている木製のカウンターを見て「あっ」と思う。

その場所には古いレジのほか、在庫の煙草や菓子などの物がごちゃごちゃと置かれていたが、よく見ればL字型のカウンターテーブルであった。

「じいさんが角打《かくう》ちやってたんだ。もうずいぶんと昔の話だけどな」

角打ちとは、酒屋で買った酒をそのまま店頭にある立ち飲みスペースで飲むことをいう。

今風に言えば、イートインスペースだろうか。店の冷蔵庫から缶ビールを取り出して、つまみのピーナッツと一緒に精算をすれば、その場でプシュッと缶を開けて酒を楽しめるというわけだ。

飲兵衛には最高のシステムである。

利用をしたことはないが、薫も知識としては知っていた。

「お誘いはありがたいですが、勤務中なので」

「まだ開店時間には余裕あんだろ」

「そういう問題ではありません。私のルールに反します。たとえ少しでも、酒を飲んだ状態で仕事をしたくはありませんから。マスターにも失礼です」

「俊ちゃんならいいって言ったぜ」

薫は「えっ？」と、目を丸くする。

「実はこのお使い、俺が頼んだんだ」

「あなたが？　いったいどうして？」

さっきは気にしていないと言っていたが、やはり彼は怒っていたのだろうか。

このまえに聞いた「焼き入れ」という言葉を思い出して、薫は思わず立ちすくむ。

しかし龍巳が口にしたのは、思いがけない言葉だった。

「おまえさ、悩みあんだろ？」

「は？」

言っている意味がわからなかった。悩みがないと言えば嘘になるが、そのことを彼に話す必要がない。

「別に悩みなんてありません」

だからきっぱりそう言うと、龍巳は大げさに体をのけ反らせた。

「嘘つけって。俺は、まぁ、これまでのこともあるけど、仕事柄いろんな店に顔出すからさ、ギリギリのやつはすぐにわかんだよ。あんた、このまえ見たとき、すげえしんどそうな顔してたぜ。だから一緒に飲んで、悩みを聞いてやろうと思ってさ。俊ちゃんに頼んで、お使いを口実に時間作ってもらったんだ」

「そんな無茶苦茶な……」と、薫は絶句する。

「無茶苦茶じゃねーよ。俊ちゃんだって、それはいい考えだって賛成してくれたんだ。だからこうなったんだぜ」

マスターは、いったい何を考えているのだろうか。

薫はマスターのことを尊敬しているが、彼の考えはときどき読めないところがある。

「悩んでるときはよ、仕事仲間と酒を酌《く》み交わすだけで案外スカッとするもんだぜ」

「だから私は悩んでなんかいません！」

「あーもう、ガタガタ言うなって！」

龍巳はじれったいというようにそう言って、薫の頬をぎゅっと両手で挟んだ。口がタコになる。

「おまえの表情、いつもかてーんだよ」

自分でやっておきながら吹き出して「この顔、傑作だな！」と笑う。顔が熱くなった。

「はなひてふだひゃい」

「すまん。でもよ、ずっと仏頂面してたらその顔になっちまうぜ。たまには飲んで息抜きしねえと」

龍巳はそう言って、カウンターに置いてある物を乱暴に脇に寄せ空きスペースを作った。積もった埃《ほこり》を、ふうっと吹いて舞い上がらせる。少々潔癖症なところがある薫は顔をしかめた。

正直を言って迷惑だ。コミュニケーションのために飲み会をセッティングするなんて、時代錯誤も甚だしい。

しかも彼は別に仕事仲間でもなんでもない、ただの取引先なのだ。同業者でもない相手に、バーテンダーとして抱える自分の悩みを相談することにメリットがあるとは思えない。

でもなぜか、その場から立ち去ることができなかった。

「これでテーブルはよし、と。さて、一杯やろうぜ？　立ち飲みで悪ぃけど」

龍巳はカウンターを出て店の冷蔵庫から缶ビールを二本取り出し強引に差し出す。

「……一杯だけですよ」

マスターとも話がついている以上、飲まないで帰るわけにもいかないと思い、薫は観念して、それを受け取った。

「そうこなくっちゃな！」

龍巳はうれしそうに歯を見せて笑い、プシュッとプルタブを開けて乾杯をした。

「ぷはあっ、うめえ！」

「…………」

口には出さなかったが、乾燥した空気と苦手な男に会っている緊張のせいで、思いのほか喉が渇いていたらしい。薫はつい、冷えたビールをぐびぐびと飲んでしまった。

酒に弱いわけではないが、空《す》きっ腹にアルコールが染み渡る。色素の薄い白い頬が、みるみるうちに桜色に染まった。

「そういえばこのお店、ひとりでやっているのですか？」

黙っているのが気まずくなって聞いた。

「ああ、親父が死んで俺が跡を継いだんだ。ちょっと前まではお袋とやってたんだけどよ。あのババア、『お父さんもいないし、老後はもう好きに生きたいわ』とかなんとか言いはじめて、家を出ちまったんだ」

「ババア……」

母親のことをそんなふうに呼ぶことが衝撃的で、薫は思わず呟いてしまった。

おそらく人生ではじめて口にした言葉である。

「結局近所に住んでるんだけどな。今はダンス教室だのカラオケサークルだの好きなことやってるよ。もう酒屋はこりごりだってさ。まぁ商売人の家に嫁入りして、朝晩働きづめだったからな。俺が知らねえ苦労もあったんだろうよ」

龍巳は遠い目をして笑った。

そのやわらかい表情から、母親のことを思いやっていることがわかる。お互いを信頼しているからこそ、軽口が叩ける関係なのだろう。

母親が苦労をしたとわかっている家業を継ぎ、たったひとりで店を守っていることも意外だった。

「すごいですね。家族のことを思いやりながら、自分の道をちゃんと自分で選んでいる」

だから自然と彼を誉める言葉が出た。

龍巳は一瞬驚いたような顔をしたが「……別に、そんな褒められたもんじゃねーよ」と、謙遜というよりは自嘲気味に笑った。

「俺の話はいいから、あんたの話をしようぜ。ボーヤがあの店で働き出してもう半年くらいか？」

「その前に……そのボーヤという呼び方、やめてください」

「ああ、悪ぃ。下の名前、なんてーの？」

「えっ、下の名前をなんで」

彼の返事はいつも薫の予想を裏切る。初対面で紹介されたときに苗字は名乗ったはずで、なぜ下の名前を教えなければならないのだろう。ヤンキーは名前で呼び合うというルールでもあるのだろうか。

「は？　ダチになったら名前で呼び合うもんだろ、普通」

——あるらしい。

そしていつの間にか薫は龍巳の「ダチ」になっていた。

さっき乾杯をしたことで、ステータスが書き換えられたのだろうか。そのスピード感と独特のヤンキールールに困惑しながらも「名前は薫です」と早口で答える。すると、

「へえ、綺麗《きれい》な名前なんだな」

などと大真面目な顔で言うので面食らってしまった。

「そ、それはどうもありがとうございます」

何故だか体が熱くなり、ビールをごくごくと飲み干す。体に一気に酔いが回った。

薫は中性的な見た目と華奢な体つきのせいで、幼い頃から女性的な名前をよくからかわれてきた。元ヤンキーならいかにもそういう発想をしそうなものであるのに、あんなにまっすぐな目をして褒めるものだから、調子がくるってしまう。

もしやこの元ヤンは、いい人なのだろうか？

酒に強いようで、水を飲むようにがぶがぶとビールを呷っている龍巳を見て、薫は思った。

いや、違う。それは不良が捨て犬を拾ったらいい人に見える現象と同じだ。騙《だま》されてはいけないと鼻から息を吐き、挑むような目つきをして顔を上げる。

するとカウンター越しに龍巳と目が合った。

「どうした？　もう酔ったのか？」

龍巳が心配そうに顔を覗き込む。そして上半身を乗り出し、体温を確かめるため、そっと薫の頬に触れた。

「ッ……」

また距離が近いと、その手を振り払おうとしたが声が出なかった。意思の強そうな黒い瞳がじっとこちらを見ている。

不思議な感覚に陥った。

それは本能で感じる、この相手には絶対に適《かな》わない、という感覚。

赤羽のレッドドラゴンとして数多のヤンキーたちをまとめてトップに立った彼の目は、なにかとても確かな生命力のようなものを宿していて。

薫はその目につい、すがりたくなってしまった。

「……少し、話しを聞いてもらえますか？」

その言葉をきっかけにして、気づけば薫はまるで本当に心を許した友人と酒を酌み交わしているときのように、仕事の悩みごとを話していた。客とのコミュニケーションがうまくいかないこと、そしてとうとうマスターの大切な常連客を怒らせてしまったこと。

「私は……バーテンダーに向いていないのかもしれません」

口に出して初めて、龍巳の言うとおり自分がギリギリの状態であったのだと気がつく。

「急に俊ちゃんが俺に変なこと聞いてきたのは、そういうわけだったんだな」

「あのときはつい言い返してしまってすみませんでした。あなたのような気の利いた言葉を掛けられなかった自分が悔しくなって……」

「俺はあの状況だから言えただけだ。いざ自分がバーテンダーとしてカウンターに立って、酒作りながら周りにも気を配って客の話を聞く……となりゃあ話は別だよ」

「でも私はバーテンダーですから、それをしなければいけません。できない言い訳などしてはいけないのです。でも……」

どうしたらいいかわからない、と薫はぽつりと言った。

そうだな……と龍巳はビールを最後のひとくちまで呷ってから言った。

「おまえメンツってわかるか?」

えっ、と声を出す。メンツとは、体面や面目のことだ。彼が言うと少し物騒な意味をはらんでいるようにも聞こえる。

「俺はバーテンダーじゃねえ。でも一応は商売屋に育った身だからな。こんな俺でも、仕事をする上で心掛けている主義ってもんがある。それはな、客のメンツを潰しちゃいけねえってこと」

龍巳はそう言って、グシャリと空の缶を潰した。

「その女の件だってそうだろ。最低だのなんだの言われて大事な男の顔に泥を塗られたら、ついテメーに何がわかるんだって言っちまうんじゃねえかな。それに彼氏がダメ男だなんてこたぁ、当の女が一番わかってるよ。おまえが言ったような、そんなダメ男とは別れろなんて言葉も、女友達たちから散々言われてるはずだ。それでも別れねえってことは、わけわかんねーくらい好きってことだろ? だったら男のことを褒めてやんねーと」

龍巳は白い歯を見せてニカッと笑った。

目から鱗《うろこ》が落ちる。メンツ、泥を塗る、そんな言葉は当然ハウツー本に登場しない。

しかし今まで読んだどんな本よりも、彼のストレートな言葉は心に響いた。

「そもそもだけどよ。その女、別にそこまで怒っていたワケじゃなかったと思うぜ。少なくとも、あんたを怒鳴った時点ではそうだったはずだ」

「どういうことです?」

「だって、その女がおまえにかけたのは水だったんだろ?」

「はい。手元には飲みかけのハイボールがまだ半分以上残っていましたが、手に取ったのはチェイサーの水でした」

「そういうことだよ」

「えっ?」

「客は目の前の酒じゃなく、わざわざ隣の客のチェイサーを手に取ってテメーにかけた。酒なんかぶっかけたら、べとべとになっちまうからな。水ならまぁ、乾きゃ済む。それに思ったんじゃねえか。マスターの店で酒をぶちまけるなんてとんでもないってな。つまり彼女は、そういう気遣いのできるやさしい女だってことだ。まぁそういう女なら、きっとダメ男だって愛しちまうだろうな」

呆然《ぼうぜん》としていると、龍巳がまたニヤリと笑って言った。

「で、だ。それじゃあそんなにやさしい女がどうしてあんたに水をぶちまけたのかってこと。俺が思うに、それはけじめだったんじゃねえかな」

「水をかけるのがけじめ?」

メンツの次はけじめである。言葉だけを聞けば、いよいよ物騒な話になってきた。

「さっきも言ったように、その女はメンツを潰されてつい怒鳴っちまった。相手はまだ新人の若いバーテンダーだ。そうでなくても、バーで感情的になるのはマナー違反だということを彼女はよく知っている。つまり悪いのは自分。だからけじめとしてあんたに水ぶっかけて、店から追い出されようとしたってワケだ」

薫の肩が、ハッと上がった。

「私はその水を避けてしまいました」

「そう、一番まずかったのはそれだ。あんたがおとなしく水かぶってくれてたら、その女はまっとうな悪者になれる。あとは『さっきは悪かったわね、これあの子に』なんて俊ちゃんに言って、多すぎる万札を置いていきゃいい」

常連の美佐子は、酒の飲み方をよく知っている客だった。酔っても酔い潰れることはない。そんな彼女が、たかが新人の言葉に声を荒げてしまった。そのことは自分でも許せなかったはずだ。

だからけじめとして水をかけた。

「美佐子さんは私のメンツも保ってくれようとしたのですね」

「その客の名前、美佐子ってのか？」

頷くと、龍巳は顎に手を当ててなにか考えているような素振りをした。

美佐子本人に真意を聞けない以上、彼が話したことも推測でしかない。しかし考えれば考えるほど、筋が通っているように思えた。

「なぁ、薫」

ふいに名前を呼ばれて顔を上げると龍巳が挑むような目つきをして言った。

「おまえの自信を取り戻すためにさ、けじめつけさせてやるよ」

＊　＊　＊

後日、龍巳は美佐子を伴って松の香へとやって来た。

「あんなこと言ったのに来ちゃった。龍巳がうるさいんだもん」

美佐子は少し照れたように肩をすくめる。

まさか本当に彼女を連れてくるとは、と薫はグラスを拭く手を止めた。マスターも驚いていたがすぐに切り替え、「お待ちしておりました」と頭を下げる。

「まさか龍巳くんと美佐子さんがお知り合いだったとは」

「まぁ、地元のやつらはだいたい俺の仲間だからな。あっ、ハイボール二つ」

「あんたの仲間が私の会社で働いているってだけでしょ」

「そうだったっけ。あっ、このまえマサとテルが働いてるところ見たぜ。焼き鳥屋のジンさん家をリフォームしてた」

「ああ、ジンさん。二世帯住宅にするのよ。娘さんご夫婦と一緒に住むんですって」

「へぇ、そりゃジンさんうれしいだろうな」

二人はご近所周りの話でひとしきり盛り上がった。

その声を聞きながら、薫はなるほどそういうつながりだったのかと思う。

しかしいくら友人が働いているとはいえ、その会社のしかも社長と気安い仲だなんて、さすがは赤羽のレッドドラゴンである。

視線を感じたのか、美佐子が気まずそうにこちらをちらりと見た。龍巳が間をとりもつように「よう!」と陽気な声で手を挙げる。

「美佐子って名前に覚えがあったからよ。仲間に話つけてもらったんだ。おまえが謝りたいって言ってることを伝えたら、最初は渋ってたんだけどよ。詫びにとっておきのカクテルを作るって聞いて、酒好きが釣られてきたんだ」

「一言余計よ」と小突かれながら、龍巳がマスターにアイコンタクトを送った。それだけですべての事情を把握したマスターがニヤリと笑う。

「ほう、瀬名がとっておきのカクテルですか」

緊張で薫の心臓が早くなる。龍巳の提案した、けじめのつけ方はこうだった。


「けじめって、いったいどういうことですか?」

彼が言うとなんだか物騒なことに聞こえ、薫は身構えた。

「その美佐子って女に、面と向かって謝るんだ」

「でも、彼女はもう店には来てくれないのですよ」

「それは俺がなんとかする。だからあんたに、やってみてほしいことがあるんだ」

薫の目の前に人差し指を出して、くいっと動かす。操られるように顔を近づけると、龍巳がニヤリと笑った。

「バーテンダーなら酒でけじめつけんだよ」

「酒でけじめをつける……？　どういうことですか？」

「あんたが悩んでいることを解決する方法は簡単だ。コミュニケーションが苦手なら、喋らなきゃいい。代わりにとっておきのカクテルを作って、あんたの想《おも》いを伝えるんだよ」

「カクテルで想いを、伝える……」

薫はマスターの作ったザ・ラストドロップのことを思い出した。

目の前にいる相手のためだけに作ったカクテルは、言葉以上に想いを伝える。それができるのは、バーテンダーだけの特権だ。

「でもそんなことが私にできるでしょうか」

「あんたならできる。お堅いバーテンダーには、お堅いバーテンダーなりのやり方があんだろ」

龍巳はそう言ってニカッと笑い、その笑顔に勇気づけられた薫は強く頷いた。


それから数日間、薫は美佐子のために作るカクテルを考えに考え抜いた。

バーの出会いは一期一会のもので、これは本来なら訪れなかった機会である。

だからもう、二度と彼女の顔を曇らせるわけにはいかない。これは、最後のチャンスなのだ。

「先日は本当に申し訳ありませんでした」

「……謝るのは私のほうよ。ついカッとなって、悪かったわ」

美佐子はバツが悪そうにハイボールを揺らした。

「龍巳さんから聞いていると思いますが、今日はお客様のためにとっておきのカクテルをお作りします。ぜひ味わっていただけませんか？」

「ええ、楽しみにしているわ」

薫は「ありがとうございます」と再び礼をし、シェイカーを取り出した。

材料はブランデーとオレンジキュラソー、そして薬草系のリキュール・ペルノ。

シェイカーのなかで氷をパズルのように組み立て、材料をメジャーカップで分量どおりに注いでいく。

カクテルは正しいレシピで作るのが基本だ。

熟練のバーテンダーにはメジャーカップを使わずに適量を測る者も多いが、薫はそれを好まない。

いつ誰がどこで飲んでも、同じように味が整っていること。

それが薫の大切にしていることだからだ。

そのためには相手の状況をよく見ることが大切だ。食事の前か後なのかを尋ねるのは基本だが、ほかに客のテンションや顔色、また外の気温や湿度などの外的要因を数字的に判断して、味や量を正確に微調整する。

カクテルの作り方は科学や数学に似ている。材料の正確な分量、テクニックの探求、そして味の分析。接客は苦手でも、それらはすべて薫の得意とするところだった。

シャカシャカと小気味いい音が店内に響く。

ポージングや所作はまるでお手本のように美しく、美佐子はもちろん龍巳でさえもカウンター越しに見惚《みほ》れた。

「ドリームです。どうぞ」

グラスに注がれたのは、鮮やかなゴールデンオレンジのカクテル。

まずはその見た目に、美佐子はうっとりとため息を漏らした。

「綺麗……でも、なんだかかわいらしいカクテルね。私には似合わないんじゃないかしら」

「そんなことはありませんよ。飲んでいただければわかります」

ひとくち飲んで目を丸くする。

「あら、見かけによらず強いお酒なのね」

「はい。アルコール度が高めなので、ナイトキャップカクテル——つまり寝酒にも最適です」

「まさにドリームってわけね。それで？　この見た目はかわいいけれど中身は危険なカクテルが、私へのとっておきってわけ？」

美佐子が悪戯っぽく笑った。

「いえ、お客様は華やかで人を惹《ひ》きつけるタイプの女性ですが、おそらく内面は非常に繊細な方です。いつもスマホをカウンターに置かれているのは、仕事ではなく恋人さんからの連絡を待っているからですよね？」

特有の、人を分析して決めつけるような話し方に、美佐子が少しムッとしたのがわかる。

「悪い？　だって週末の夜にひとりでいたくなんかないじゃない。ここに来ればいつだって誰かがいる。それに──深夜まで待てば彼から連絡が来るかもしれない」

店の空気がピリッとしたのがわかる。マスターは気づかないふりをしながらも目だけで様子を窺い、龍巳はガタッと腰を浮かせた。

しかし薫は平然として、誰もが思いもよらないことを言ってのけたのだ。

「恋人の方の演技を観《み》に行きました」

「へ？」

美佐子が思わず間の抜けた声を出す。

「演技って、い、いったいどこで？　私、あの子の名前なんて伝えていないわ」

「吉祥寺の劇場で一月から一週間、そして主役をやるとお話されていたので調べたら、劇団のホームページに辿り着きました。そこで、平日の昼間に稽古場で行っている定期発表会のことを知ったのです」

「あ、あなた……あんな汚い稽古場でやっている発表会を、わざわざ観に行ったっていうの⁉」

「はい。私は演劇に関しては素人ですが、そんな私でも彼がいい役者だとすぐにわかりました。目を奪われてしまったのです。もし私が女性であったなら、恋に落ちていたかもしれません。それで理解したのです。その方は——あなたに素敵な夢を見させてくれる人なのだろうと」

「なるほど、だからドリームってわけ」

美佐子は大きくグラスを傾けた。強いアルコールが染み渡り、体がカッと熱くなる。

それは初めて彼の演技を観て、恋に落ちてしまったときの感覚によく似ていた。

「周りからみたらただのダメ男でも、彼は私の夢なの。でもこう見えて強くないから、ここに来てお酒の力を借りてた。彼の気まぐれを期待して、ね」

「さっきも言ったとおり、ドリームは寝酒です。そんなヒリヒリした夜にも、いい夢が見られますように……」

「まぁ！　悔しいけど、一本も二本も取られちゃった感じね。それにしても……」

くっ……と抑えた声を出したあと、もう我慢できないといったふうに笑い出した。

「私のために彼の芝居を観に行くなんてね。しかもあんな身内向けの発表会！　ううん、身内だって観に来やしないわ。それを……ふふっ、いくらなんでも真面目すぎよ！」

「いえ、ああいった演劇は初めて観たのですが、本当におもしろかったので私は満足です。ただ……たしかに客は私ひとりでした」

と、真顔で答える顔を見て龍巳も思わず吹き出した。

「素敵なカクテルをありがとう。おかげで今日はよく眠れそうだわ、でもこれは少し反則よ。だってバーテンダーなら、私の恋人がこれだけ素敵ってこと、私を見ただけでわからなくちゃ」

「はい、精進いたします。だから、あの……またいらしてくれますか？」

美佐子が最後のひとくちを飲み干して言った。

「そうね、また来週土曜日に」

彼女が微笑んでくれたのを見て、薫はほっと胸を撫で下ろす。

思わず龍巳の顔を見ると、親指を立ててうれしそうにニカッと笑っていた。

＊　＊　＊

後日、開店準備をしていると龍巳が配達にやって来た。

「おっす！　きっちりけじめつけられてよかったな！」

酒瓶を台車から降ろして、伝票を手渡しながらそう言うとマスターが笑った。

「この前はありがとう。うちの瀬名のためにひと肌脱いでくれたんだね」

「いいえ、おせっかいしちゃってすんません！」

「それにしても、けじめとは龍巳くんらしい」

「それどういう意味っすか」

からかわれて龍巳が笑った。

薫はグラスを磨く手を止めて「ありがとうございました」とカウンター越しに頭を下げる。

「礼を言われるほどのことはしてねえ。俺はあいだを取り持っただけだ。あとはあんたの実力だよ」

龍巳は恥ずかしそうに頭を掻《か》いた。そしてあらためて、こちらをじっと見る。

「なぁ、薫」

名前を呼ばれて背筋が伸びた。はい、と返事をする。

「あんた、ちゃんとバーテンダーに向いてるよ」

まっすぐにそう言われて、目頭が熱くなった。

「ありがとうございます」

しかし今ここで涙を流すわけにもいかず、悟られないよう唇を噛み締める。

その姿を見て満足そうに息を吐いた龍巳は思いがけないことを言った。

「それに比べて俺はダメだ。経営者には向いてねえ」

えっ、と顔を上げると、龍巳はマスターから受け取った伝票を片手に、いつになく気弱な表情をしていた。

何か事情を知っているらしいマスターが尋ねた。

「相変わらず、店は厳しいのかい？」

「そうっすね」自嘲気味に笑った龍巳に、マスターはグラスの水を差し出した。時間があるのなら少しゆっくり話そうという合図を受け取って、カウンターに座る。

「まぁ、しょうがないっすよね。いまどき酒を買うならコンビニやスーパー、ネット販売だってある。わざわざ酒屋に来るようなやつはいませんよ。頼みの綱は配達だけ。でも不景気で飲み屋も減るいっぽうだし、ご近所だけじゃそろそろ限界っす」

龍巳は青色の息を吐いて肩をすくめた。

たしかに酒屋あかいのように、馴染みの客だけを相手にやっている小さな個人店は、大口の取引先を確保しない限り経営は難しくなってきている。しかし龍巳のしている商売は、昔ながらの御用聞きのようなやり方だ。

それにたったひとりで店番から配達までをこなすのは、いくら彼に体力があっても現実的に無理がある。店は十一時に開店して、夕方の配達をする時間帯は店を閉めているが、そのあいだに売り逃しもあるだろう。

「何か手助けできることはありませんか?」

薫は思わず言った。美佐子とのあいだを取り持ってくれたこと、そして口下手な薫にカクテルで想いを伝えるというやり方を教えてくれた彼に、何かお礼をしたかった。

「私は元銀行員ですから、経営の立て直しについて少しはお役に立てるアドバイスができると思います。出勤する前に少しくらいなら店番も——」

しかし龍巳はその言葉を遮った。

「無理だよ。客が酒屋に来る理由がねえんだから」

返す言葉が見つからなかった。そうは言ってみたものの、今の酒屋あかいの状況が本当に厳しいということが、元銀行員だからこそわかってしまったからだ。

「客が酒屋に来る理由がない、か……。昔はどこも活気があったんだけどね。龍巳くんの店とは馴染みだ。赤羽に松の香を出したばかりの、右も左もわからない僕に親切にしてくれたのが先代だった。なんとかしてやりたいが――」

マスターはしばらく考えてから、思い出したように言った。

「そういえば龍巳くんのところ、角打ちやってたよね？　それを復活させるというのはどうかな？」

薫は缶ビールを酌み交わした、あのカウンターを思い出す。埃とガラクタのような備品にまみれていたが、味のある一枚板のいいカウンターテーブルだった。

たしかに角打ちをやれば、追加の売り上げにはなるかもしれない。しかしそれよりも、問題点のほうが多いようにも感じた。アンダーリムの眼鏡をカチャリと上げて、ひとまず頭のなかで試算をしてみる。

するとその答えが出るよりも早く、龍巳がかぶりを振った。

「そんなの俺ひとりじゃとても無理っす！　それに流行《はや》らないっすよ。そもそも客がいなけりゃ角打ちは成り立たないし、安くてうまい居酒屋なら、もう近所にある。だから親父も、じいさんの角打ちを続けなかったんじゃねえかな」

それは薫が問題点と感じていたことと同じだった。マスターは「ふうむ」と壁に並んだ酒瓶を見渡してから言った。

「たしかに、客を呼び込むためには何か尖《とが》ったものがもうひとつ必要だね。それじゃあ、角打ちのバーにするってのはどうだい？」

角打ちのバー？ と、二人の声が揃う。

「そう、よそではめったに見ないだろう？ あのスペースなら少し改造すれば、必要な酒は置ける。なんと言っても在庫は目の前にあるのだからね。扱いはうちの二号店として、使った酒は一緒に精算してくれればいいよ」

ふうむと悩んだわりに、まるで以前から考えていたかのようにすらすらと計画が出てくる。角打ちバーはたしかにおもしろい。しかし二号店と聞いて薫は恐る恐る聞いた。

「そこに立つバーテンダーは、どこから調達するんです？」

尋ねると、マスターは何を言っているんだといったふうに笑った。

「目の前にいるじゃないか」

「わ、私ですか⁉」

「さっき手助けできることはあるかと聞いたよね。だから、どうかな？ 先代には本当に世話になったから、僕も力になりたいんだよ。もちろんここから追い出すわけじゃない。修行として、しばらく出張バーテンダーをするってのはどうだい？ 角打ちには、松の香とはまた違った客が来るだろう。それもまた勉強になると思うよ」

マスターは薫のほうを向いて、真剣な表情で言った。するとカウンター越しにも強い視線を感じる。龍巳が身を乗り出して言った。

「角打ちバーか……おもしれー！　なぁ、薫！　一緒にやってくれねえか⁉」

まるで大切なおもちゃを見つけたときの子どものように、黒目がちな瞳がきらきらと輝いている。三十を過ぎた大人が見せた思わぬ無垢《むく》な反応におされてつい頷きかけたが、これは簡単に決めていいことではないと、冷静な脳が警鐘を鳴らした。

「そんなの無茶ですよ！　まだ見習いの私がバーテンダーとして独り立ちをするなんて」

「俺にできることがあれば手伝うぜ！　ぶっちゃけ店は暇だし配達も減ってるから、おまえがひとりになることたあねえよ」

「それもう商売として破綻してませんか⁉」

「頼む！　このとおり！　俺もう角打ちバーにときめいちゃってんだよ！」

両手を合わせて龍巳は何度も頭を下げた。マスターが薫の肩をぽんと叩《たた》く。

「これはうちの店のためでもあるんだ。最近は、若いお客様が少なくてね。実際どんなものが好まれているのか、知りたいと思っていたところだったんだよ。カジュアルな角打ちバーなら、若者も気軽に来られるだろう。だから瀬名くん。出張バーテンダーをして、リサーチと、新規のお客様開拓をしてきてくれないかい？　これは私の命令だ」

命令、と薫は繰り返す。

敬愛するマスターにそんなことを言われたら、頷くしかなかった。

そんなことに

「わかり……ました」

「っしゃあ！　やったぜ！」

薫のか細い声をかき消す大きな声が店内に響いた。

頷いたものの、これからの身の振り方を案じて目がうつろになっていく。そんなことには気づかない龍巳は、薫の両手を取ってぶんぶんと振り回した。

「これからよろしくなっ！」

「はい……こちらこそ……」

どこまでも対照的な二人を見て、マスターは愉快そうに笑った。

「いま君に必要なのは、龍巳くんのようなパートナーだ。きっと彼は、君に足りないものを持っているよ。きっとね」

弟子と馴染みの取引先のために、思いつきを装って角打ちバーを提案した参謀は、薫に聞こえないように呟いた。

＊　＊　＊

かくして角打ちバーの計画はすぐに動き出した。

計画といってもカウンターはすでにあるため、必要なのはバックバー——酒やグラスを置くための棚や収納スペースである。

さっそく酒屋あかいに二人の若い大工がやってきて——怒号が飛び交っていた。

「おい、ここんとこ歪《ゆが》んでんじゃねえか！」

「ああ？　文句あんならテメーがやれよ！」

「申し訳ありません。何かありましたでしょうか？」

備品の整理をしていた薫が慌てて駆け寄り頭を下げた。

ニッカポッカを着て睨《にら》み合うのは、龍巳の後輩仲間のマサとテルだ。美佐子の工務店で働く、焼き鳥屋のジンさんの家を二世帯にリフォームしたというあのコンビである。

マスターから角打ちバーをやると聞きつけた美佐子が、「あら、それじゃあうちの若い子、貸してあげるわ」と言って、派遣をしてくれたのだ。

彼らが来るのと入れ替わりに龍巳は配達に出かけ、残された薫は二人の掛け合いに肝を冷やしながら監督をしていた。

「何かって、こいつのやり方が気に入らねえんだよ！」

「んだと、コラァ⁉」

「すみません！　きっと私の図面がわかりづらかったのですよね？」

カウンター周りのデザインは薫がしたため、それが彼らにとってやりづらく揉《も》めてしまったのだろうと、再び頭を下げる。するとさっきまで怒鳴り合っていた二人が嘘のようにおとなしくなった。

「ああ、ちげーよ。あんたの図面はわかりやすい」

「素人なのにすげーな、兄ちゃん」

ため口で言われたが、思いがけずやさしい言葉をかけられて、拍子抜けする。

「お、お褒めいただきありがとうございます」

彼らはこの感じが通常営業なのだと納得して、ひとまず備品を奥へと運び込む。

酒屋あかいの角打ちスペースは入って左手にあり、暖簾を仕切りにして赤井家の自宅へとつながっている。奥には洗い場と居間があり、二階が寝室ということだ。

備品や片付けた物はひとまず居間に置いてくれと言われたので、薫は金髪と茶髪のコンビを邪魔しないように気をつけながらダンボールを運び入れる。

こぢんまりした居間は思いのほか片付いていたが、棚に飾ってあるよくわからない民芸品や、どこかの土産物と思しき細々とした雑貨が生活感を感じさせた。

適当なところにダンボールを置いて店頭に戻ろうとした薫は、ふとあるものに目を留める。

古びた写真立てに学ラン姿の学生が二人、肩を組んでいた。

ひとりは龍巳だとすぐにわかった。今よりもツーブロックのなかを激しく刈り込んだモヒカンのような頭で、歯を見せて大きく笑う表情は変わっていない。もうひとりは色白であどけない顔をした金髪の少年だ。一見年下にも見えるが、龍巳に弟がいるとは聞いていない。

友人とのツーショット、しかもこんな昔の写真を飾るなんて珍しいと思ったことと、そのいかにもヤンキー風な恰好が珍しく、薫は思わずじっと見てしまった。

「おーい、薫いるか？　こっち手伝ってくれよ！」

店頭から名前を呼ばれてハッとした。龍巳が配達から帰ってきたようである。

薫は慌てて外に出て、その写真のことは忘れてしまった。


それから数日をかけて、角打ちバーは完成した。

カウンターと同じ色合いのバックバーには、酒瓶とグラスが綺麗に並び、こぢんまりとしたカウンターは、まるでミニチュアのように気持ちよく整っている。

角打ちスタイルだがバーらしさを出すように、木製のスツールも五席設置した。

このスツールは、美佐子の工務店が解体を手伝った店から譲り受けたものである。彼女には何から何までお世話になりっぱなしだった。

角打ちバーの営業は十七時から零時。少し早めからの営業にして、深夜まで飲みたい客には、閉店後は松の香を案内する。近場にある本店と支店とが競合しないように考えた営業時間だ。

龍巳は完成したカウンターを見ながらしみじみと言った。

「いいのができたじゃねえか。これから楽しみだな」

ピカピカのカウンターを見て、薫の口元もついほころんでしまう。思わず「はいっ」と弾んだ返事をしたが、ハッとしてその表情を引き締めた。

「角打ちバーの目的は龍巳さんのお店を立て直すことです。だからこれから少しでも営業利益を出せるよう気を引き締めて運営をしていかなければいけません。私もこの機会に一人前のバーテンダーとしてマスターに認められるように成長を――」

事業を始めるにあたって薫が決意表明をしていると、「話が長えよ！」と言ってグーが飛んできた。

「ひっ」

怒りの鉄拳かと思わず身を縮こませたが、龍巳はニッと笑っていた。

「今日くらい素直に喜ぼうぜ」

そう言って拳を突き出している。何をしたらいいかわからず、薫は思わずパーを出した。

「いや、じゃんけんじゃねえんだよ！」

龍巳は大げさに言って膝から崩れ落ちる。

「ほら、おまえも拳握って。こう」

彼の真似をして、腕をまっすぐに伸ばして拳を突き出す。そこに龍巳が、薫よりもひとまわり大きくてごつごつした拳を突き合わせた。

「これからよろしくな、相棒！」

真っ白い歯を見せてニカッと笑う。薫は相棒という言葉を少しだけ気恥ずかしく感じながらも、小さく頷いた。

こうして二人の角打ちバーがはじまった。

第二話　ミントグリーンのプライド

角打ちバーをはじめたはいいが、客入りは想像以上に悪かった。

ようやくめずらしがって角打《かくう》ちコーナーに来てくれても「ビールとポテチでいいや」という客ばかり。

今日もやって来たのは缶ビールとバターピーナッツの袋を手にした親父だった。

どこのメーカーだかわからない英字のベースボールキャップをかぶっていて、よっこらせとスツールに腰掛ける。

ポケットから裸の小銭をじゃらじゃらと取り出して、「はいよ、ちょうどだ」と金を出したら、その金をきっちりネクタイを締めたバーテンダーが受け取ったので怪訝《けげん》な顔をした。

「ずいぶんとシャレた角打ちだね」

「ここは角打ちバーです」

薫《かおる》が答えると、どこからともなくやってきた龍巳《たつみ》が慣れ慣れしく親父の隣に座って言った。

「どうだ、おっちゃん。世にも珍しいだろ？」

せっかく二人体制になったので、龍巳は角打ちバーの営業時間である十七時から配達に従事することになっているのだが、彼はバー営業の時間中はこうして、ほとんど店頭に立っている。酒屋あかいの財政状況がよろしくないというのは、どうやら本当のようだ。

店のことは心配だが、こうして接客の手伝いをしてくれるのは、少しだけ助かっている。

龍巳はこういう親父の客あしらいが実にうまいのだ。

「角打ちバー？　ってこたぁ、カクテルが飲めるのかい？」

「そういうこと！　一杯試してみないか？」

ニッとあの人懐っこい笑顔で営業をしたが、しかし親父はかぶりを振った。

「あーいい、いい！　そういうシャレたもんは口に合わねえ。ボートレースですっちまって、金もねーんだ。酒なんて飲めりゃいーんだよ」

そう言ってカシュッとプルタブを開ける。やれやれどうなることかと見守っていた薫だが、その言葉で火が付いた。

「お待ちください、お客様。いまグラスをお出しします」

「え？　いーよ、そんなの」

「いけません。ここは角打ちでもバーですから」

ピルスナーグラスを取り出してカウンターに置く。

そして客の缶ビールを素早く手に取ると、腕を高く上げて勢いよく注いだ。グラスと缶のあいだは三十センチ。半分まで注いだところで、泡が落ち着くのを待つ。それを不思議に思った親父が聞いた。

「どうして一気に注がないんだ? 兄ちゃん」

「こうすると粗《あら》い泡が消えるんです。ほら、下からゆっくりと液が上がってきて、泡がきめ細かくなっているのがわかるでしょう?」

「へぇ、ほんとうだ」

そして二度目をゆっくり注ぎ、再び待つ。少しずつ泡が変化していく様子に、もう親父も夢中である。

液と泡の比率が六対四ほどになったら最後の仕上げ。グラスの縁にそって、泡を押し上げるようにゆっくりと注いだ。

「どうぞ」

真っ白なきめ細かい泡と黄金色の対比が美しいビールに、龍巳も感嘆の声を上げる。

「うん! うまい!」

ひとくち飲んだ親父が目を丸くした。

「これがほんとうに缶ビールかい? そのまま飲むのと全然違うじゃないか」

「この三度注ぎをすれば、家でも美しくおいしいビールが楽しめますよ」

「へぇ、プロってのはすごいもんだね」

親父が感心したように、グラスに入った黄金色の液体をまじまじと見つめる。

「ありがとうございます。もしよかったら、二杯目はカクテルをぜひ」

薫はさりげなくそう勧めたが、

「そうだなぁ〜。まぁ、次、ボートレースで買ったらな」

と、あっさりはぐらかされてしまった。

親父が帰ったあと、再び誰もいなくなった店内に龍巳の声が響いた。

「おまえすげえよ！」

あまりの大声に耳がキーンとなり、グラスを拭いていた薫は思わず顔をしかめる。

「さっきのおっさんも感動してたし、また絶対来てくれると思うぜ。次はカクテルを頼んでくれるんじゃねえかな」

龍巳はうきうきと言ったが、褒められた当の本人は不機嫌な表情である。

「……すごくなんかないですよ。本当に腕のいいバーテンダーなら、あのあと二杯目を頼んでもらえていたはずです」

「そんなの単に金がなかっただけじゃねえの？」

「そんなことはありません。ポケットの端からお札が見えていましたから」

「おまえ洞察力すげえな」

真面目すぎるのも考えものだと思いながら、龍巳は励ます言葉を探し出そうとする。

薫のバーテンダーとしての技術に、心奪われたことは本当だ。適当な気持ちで家業を継いだ自分とは違い、プロとして高みを目指すその姿勢は年下ながら尊敬をしてしまう。

そんな彼と、ひょんなことから角打ちバーをやることになった。

あわよくばというわけではないが、これが自分にとって、そして酒屋あかいにとっても何か大きな転機になるのではと、龍巳は密《ひそ》かに思っていた。

なんとかしてこの角打ちバーを繁盛させたいが、肝心の客が来なければどうにもならない。このさびれた酒屋に客を呼び込むにはどうしたらいいかと、龍巳は腕組みをしてしばらく考えた。

「いいこと思いついたぜ！」

薫の左耳が再びキーンと鳴った。

「なんですか急に」

「SNSで宣伝するんだよ！」

「いったいなんのことです？」

「なんのことって、この角打ちバーのことに決まってんだろ！　せっかくいい店ができたのに、そもそものことを誰も知らねえんだ。でもうちにはチラシ作って配るような予算はねえ。SNSならタダだし、カクテルの写真だったらなんとかバエってやつもいい感じでやれるんじゃねえの？」

「まぁ、たしかに相性はよさそうですね」と、薫は頷《うなず》いた。

「だろ？　俺はそういうのよくわかんねーけどさ、おまえはなんつーか、見た目がオシャレな感じだし、そういうの詳しいだろ？」

「いえ、私も詳しくないです」

「は？　なんで？」

「なんでと言われても。個人的な写真を撮って人に見せることに興味がありませんから」

「なんだよ、友達いねーのか？　寂しいやつだな」

痛いところをつかれて動揺した。

「なっ……い、いますよ、友達くらい！　あなたこそ、いまどきSNSでつながっていないなんて、本当に友達が多いんですか？」

「俺はそういうんじゃなく、リアルなつながりってやつを大事にしてんだよ！　地元のいつメンだ！」

「いつメンって、なんですか？」

「い、いつものメンバーってことだよ」

龍巳は口を尖《とが》らせる。わからないことはすぐに調べるタイプの薫は、スマホを取り出して検索した。

「って、いちいち調べなくていいから！」

「意味はたしかにそのようですが……ネットには主に女子高生が使う言葉と書いてありますね」

「ほっとけ！」

覚えたての若者言葉をつい使ってしまったことが思いのほか恥ずかしく、龍巳は真っ赤になった。しかしそのいつメンという言葉が、彼にあることを思い出させる。

「……銀郎《ぎんろう》に相談してみるか」

「それは地元のいつメンですか?」

「うるせーな、そーだよ!　信頼できる中学からの仲間だ。そいつの妹が緑子《みどりこ》ってんだけどさ、アレやってんだよ」

「……アレ?」

「えーと、なんだったっけな……そう、インフルエンザ!」

「インフルエンサーでしょう。そんなベタな間違いをしないでください」

「っ……とにかく連絡だ!」

龍巳はスマホを取り出して電話をした。

＊　＊　＊

龍巳の友人、花見沢《はなみざわ》銀郎はすぐにやって来た。

地元のいつメンということはすなわち元ヤンキー仲間ということで、はたして赤羽《あかばね》のレッドドラゴンが信頼する男とはどんなやつなのだろうと身構えていた薫は、その姿を見て呆気《あっけ》にとられた。

「たぁっく〜ん!　連絡待ってたよぉ〜!」

現れたのは背がすらりと高い、なよなよとした美形の男。

腰までまっすぐに伸ばされたハーフアップの長い髪は輝く銀色で、服装はてかてかの黒づくめ。まるでアニメのキャラクターのように派手なナポレオンコートを羽織っていた。極めつけは黒の眼帯だ。おそらくこれは怪我によるものではない。ファッションとしての眼帯を初めて見た薫は、思わず彼に釘付《くぎづ》けになってしまった。

「ねえ、このまえなんで既読スルーしたの？　ボクずっと連絡待ってたんだよ？」

奇抜な恰好《かっこう》をした男はそう言って、まるで久しぶりに飼い主に会った犬のように、龍巳の周りをまとわりつく。

「は？　あの話はあれで終わりだったろ？」

「違うよぉ！　ＬＩＮＥのやりとりはスタンプで終わらなきゃダメなの！　ボクがスタンプを送ったら、たっくんがスタンプを送って、そのやりとりをもう一回くらいしたらおしまいなの！」

龍巳はそんな彼のほうを見ることなく「めんどくせえなぁ」と言って頭をぽりぽりと掻《か》いた。珍しい動物を見るような気持ちで二人のやりとりを見ていると、視線に気づいた男がパッと薫のほうを向いた。

「あっ、お初にお目にかかります！　ボク、Silver Lilyの花見沢銀郎です。角打ちバーのご開店、おめでとうございます！　素敵なバーですねぇ！」

銀郎はニコニコしながら挨拶をしたが、それよりも気になる単語があった。

「シルバーリリー……？」

「あっボク、ヴィジュアル系バンドをやっておりまして。ベースを担当しております！あっ、いけない。衣装の眼帯付けっぱなしだった！」

銀郎は慌てて黒い眼帯を外した。それが普段からのファッションではないことがわかって、薫は少しだけほっとする。

「すみません！　さっきまで練習だったもので」と、銀郎はかわいらしく舌を出した。薫は「いえ」と言って頭を下げる。

「瀬名《せな》薫と申します。よろしくお願いします」

「薫くんかぁ！　いい名前！　よろしくっ」

握手を求められたので手を出すと、銀郎はカウンター越しに薫の両手を取り、ぶんぶんと振り回した。たしかこんなことを、誰かにもやられたような気がする。

その本人が言った。

「挨拶はそのくらいにして座れよ。今日はおまえに相談があるんだ」

「えっ、なになに？」

「おまえの妹って、たしかインフル……インフルなんとかだろ？」

「ああ、インフルエンサーね。うん、なんか人気あるみたい。インスタのフォロワー七万人もいるんだって」

「七万人⁉　そりゃすげえや。実は、うちも角打ちバーでインスタやろうと思っててさ。コツを教わりてえから、うちの店に来てくれって頼んでくれねえか？」

「それはいいけど……実はボクも緑子ちゃんのことで相談があるんだ」

「おう、なんでも聞くぜ」

龍巳が胸を叩《たた》くと、銀郎は急にシュンとした表情になってうなだれた。

「なんだよ？　そんな深刻なことなのか？」

「うん。実はね…………緑子ちゃんに彼氏ができたみたいなんだ！」

がばっと勢いよく上げた銀郎の顔は今にも泣き出しそうであったが、龍巳は彼の言葉をあっさりと聞き流した。

「へーそうなんだ。で、俺のほうの相談なんだけど」

「ちょっと！　流さないで⁉」

「別にそんなの大したことじゃねえだろ！　ハタチ越えりゃ彼氏の一人や二人くらいできるって！　俺らの相談には店の将来がかかってんだからよ」

しかし銀郎はかぶりを振って駄々をこねた。

「むーり！　緑子ちゃんに男ができるなんてマジで無理！　ボク、泣くからね⁉　大人だけど普通に泣くから！」

「ったく、シスコンヤローが……そろそろ妹離れしろよ」

「わかってるよう……でもさ、その相手っていうのが、なんかヤバそうなやつなんだ」

そう聞いて、龍巳の表情が変わった。銀郎とは家族ぐるみの付き合いで、緑子のことも幼い頃からよく知っている。ヤバそうな奴と聞いたら、放っておくことはできなかった。

「どんなやつだ？」と聞くと、銀郎は安心したように話し出す。

「会ったことはないんだけど……最近、緑子ちゃんのスマホにしょっちゅう着信があってね。緑子ちゃん、その電話があるとコソコソして部屋を出て行っちゃうんだよ」

「彼氏ができたらそんなもんなんじゃねえの？」

「でもあるときこっそりあとをつけたらさ」

「つけたのかよ、気持ちわりーな」

「だって心配だったんだもん！　でもつけて正解だったんだよ。だってね、黒塗りのワゴンからいかにもパリピって感じの男が降りてきたの。絶対ヤバくない？」

「は？」と、龍巳の目が点になる。

「いや、おまえそれただの偏見だから！　黒いワゴンもパリピも、別にヤバくねえし」

「え〜緑子ちゃんがウェイなパリピと付き合うなんてボク絶対にイヤだよう〜……」

銀郎はカウンターに突っ伏してしまい、わんわんと泣き言を言った。こうなったらもう埒《らち》が明かないと、長年の付き合いでわかっている龍巳は「はぁ」とため息をつく。

「……それで俺にどうしてほしいんだ？」

銀郎がものすごい速さで顔を上げた。

「緑子ちゃんをここに連れてくるから、様子を探ってくれないかな⁉」

「はぁ？　そんなの自分で聞けばいいだろ？」

「だってだって！　緑子ちゃん最近ボクのこと避けてるんだよぉ……何聞いても『お兄ち

やんには関係ない！』って。だから絶対教えてくれないよ……」

「だからってこんなおっさんにも恋バナしねーだろ！」

「たっくんなら大丈夫だって！　昔は赤羽のレッドドラゴンとしてみんなの恋バナ相談にも乗ってたじゃん！」

恋バナ……と、薫は思わず小さな声で呟《つぶや》いた。

ヤンキーのトップは恋の相談にも乗らなければならないと知り、トップになるのも大変なのだなと、薫は二人のやりとりを見ながら思う。

「どうかお願い！　このとーり！」

両手を合わせて拝み倒す銀郎に、龍巳はとうとう観念して頷いてしまった。

「あーもうっ、わかったよ！　じゃあここに連れて来い！　俺が聞き出してやる。ただしSNS講座をしてくれってのも、必ずお願いしてくれよ？」

「ありがとう！　たっくん大好きっ！」

銀郎は銀髪を翻して龍巳に抱き着いた。

「つーわけで悪ぃな、薫。面倒なことに巻き込んじまった。こいつヤベーシスコンヤローに見えるかもしんねえけど、緑子が生まれてすぐに死んだ父親代わりもしてっから……」

「いえ。もし緑子さんが飲める方でしたら、SNS講座のあとはなんでも好きなお酒を御馳走《ちそう》しようと思っていました。そのときにさりげなく伺《うかが》ってみましょう」

「ありがとう！　薫くん、とってもいい人だね」

銀郎は、「ううっ」と言って、目に浮かんだ涙を黒いレースのハンカチで拭いた。

「そうだ、せっかくバーに来たんだからボクもお酒を楽しまないとね。実は一度やってみたいことがあって……」

そう言うと、銀郎は恥ずかしそうにハンカチをいじってもじもじとした。

「ぜひ、なんでもご注文してください」

「えっとね……あの……ボクのイメージに合うカクテルを作ってもらえないかな?」

「銀郎さんのイメージですか」

薫は繰り返した。

正直を言うと、これはたいていのバーテンダーを困らせる難しい注文だ。

常連ならまだしも、初対面の場合は答えのないクイズに挑むようなもので、うまくはまればいいのだが、もし期待に応えられなかった場合は客の機嫌を損ねてしまう可能性もある。

しかし薫は「わかりました」と頷いた。彼のイメージで思いつくカクテルが、ひとつしかなかったからである。

用意したのはジンとキュンメルリキュール、そしてレモンジュース。

キュンメルとは、カレーやザワークラウトに使われるキャラウェイという香辛料を主にした、薬草系の甘いリキュールだ。

材料をすべて入れてステアし、氷を入れてシェイクする。

「どうぞ、シルバーブレットです」

カクテルグラスに注がれたのは、バーの薄明かりで銀色に輝く半透明の液体。

「わぁ、キラキラしてる！　きれいなカクテル……」

銀郎は手に取って光に透かし、うっとりと眺める。

「ボクの名前、いや、髪をイメージしてくれたのかな？」

「それもありますが、銀郎さんのもっと本質的なところでこのカクテルをイメージしました。シルバーブレットとは銀の弾丸という意味で、魔除けのお酒とされています。西洋の信仰では、銀の弾丸が唯一、悪しきものを撃退することができるのですよ」

「銀の弾丸……魔除け……悪しきもの……」

口にしながら、銀郎の表情がキラキラと輝いていくのが目に見えてわかる。

「えー、すっごくかっこいいよ！　シルバーブレット！　ボクにぴったり！」

銀郎は片手を頬にあてて、真っ赤になって喜んだ。

「やっぱおまえのカクテルは人の心を動かす力があるよ」

友人の喜びようを見た龍巳が感心してそう言ったが、銀郎くらいわかりやすい人はあまりいないと、薫は内心で苦笑いをしたのであった。

＊　＊　＊

後日、酒屋あかいの戸を勢いよくガラリと開けてやって来たのは、小柄な若い女の子だった。

髪型は黒髪のボブカットで、ミントグリーンのインナーカラーが目を引く。服装はそれと同じ色をしただぼだぼのパーカーにショートパンツ、黒と白のボーダーニーソックスを履いている。

小鹿のように華奢《きやしや》ですらりと伸びた脚がカウンターの前で止まった。

「お兄ちゃんに言われて来たんだけど」

と、ぶっきらぼうに言う。例の銀郎の妹かと合点し、「いらっしゃいませ」と礼をすると、女の子はどうしたらいいかわからないといったふうに、パーカーの裾をもじもじといじっていた。

声を聞きつけて、奥で事務作業をしていた龍巳がカウンターにやって来る。

「おう、緑子。久しぶり！　今日はありがとな」

顔見知りが来て一瞬ほっとした表情を見せた緑子だが、その顔はすぐに仏頂面に戻った。

「別に。お兄ちゃんがうるさいから来ただけ」

「素直に礼を受け取れよ、相変わらずだな。あっ、紹介するぜ。バーテンダーの薫だ」

「だから名前で紹介しないでくださいよ。瀬名薫と申します。今日はよろしくお願いします」

「花見沢緑子です。こちらこそよろしくお願いします」

さっきの態度とは一変して、緑子は深く頭を下げる。

「なんだよ、俺のときとずいぶん態度ちがうな」

「だってこの角打ちバーのオーナーなんでしょ。てことは、クライアントは瀬名さんじゃん」

「酒屋あかいのオーナーは俺だぞ！」

「龍兄《たつにい》は龍兄だもん」

二人のやりとりから、気安い関係であることが窺《うかが》える。

友人の妹と親しくするということがピンとこない薫には、驚きと共に新鮮な感じがした。それともこれも、赤羽のレッドドラゴンだからこそなせる技なのだろうか。

緑子がカウンターをまじまじと見渡して言った。

「で、ここが宣伝したい角打ちバーってやつ？」

「ああ、いい感じだろ？」

「うん、なんかちっちゃくてカワイイ。店は古臭いけど」

「一言余計だっての！　それにこういうのはレトロっていうんだよ！」

「知ってるって。まぁ、それもいい効果になるんじゃないかな。今、あえてのレトロって逆に流行《はや》ってるし。やり方しだいで全然映《ば》えるよ」

日本語の使い方が気になったが、角打ちバーは彼女のお眼鏡に適《かな》ったようで、薫はほっとした。まずは第一関門を突破である。

「おっ、さすがフォロワー七万人！　今日は礼になんでも好きな酒ご馳走するぜ！」

「あーいいよ。あたしお酒ってマズイからキライなんだよね」

　薫の表情がぴくりと動いた。

「なんだよ、酒飲めねえのか？」

「飲めるよ。むしろ強いほうだけど、わざわざマズイもの飲むことないじゃん？　だから飲み会はよく行くけど、付き合いで一杯飲むくらいかなぁ。ほら、居酒屋の安いコースって、勝手に飲み放題ついてたりするでしょ？　そうするともったいないから、カクテルとか頼んでみたりするんだよね。でもやっぱりどれもマズくって。あっ、メロンソーダもらうねー」

　そう言って、勝手知ったるというように店の冷蔵庫からペットボトルを取り出した。ピョンと小動物が飛び跳ねるようにスツールに座った彼女に、龍巳が聞いた。

「ところで気になってたんだけどさ。おまえ、どうしてその、インフルなんとかって有名になったんだ？　昔から街角スナップなんかでよく雑誌に載ってたのは知ってたけどよ」

　するとよくぞ聞いてくれましたというふうに、緑子はふふんと鼻を鳴らして言った。

「ああ、あんなのはもう時代遅れ。これからはＳＮＳを使って、世界中で有名になることができるんだよ」

　そう言って緑子は、鞄《かばん》の中から「チョコミントクッキー」と書かれたミントグリーン色のパッケージの箱を取り出すと、顔の横に並べてパシャリと自撮りをした。

「あたしはね、このチョコミントで有名になったんだ」

龍巳と薫の声が「チョコミントで?」と揃《そろ》った。

花見沢緑子はRICOというハンドルネームで七万人のフォロワーを誇るチョコミン党のインスタグラマーだ。

チョコミン党とは、チョコミントそのものやチョコミント風味の食べ物を愛する人々のことを指す言葉である。

彼女ははじめ、単なる趣味として好物のチョコミントスイーツの写真をSNSにアップしていた。昨今のチョコミントブームと、彼女の生まれもったセンスのよさが相まって、それだけで数百人のフォロワーがついたのだが、ある写真をアップしたことで緑子のアカウントは評判になる。

彼女はもともと、原宿《はらじゅく》のアパレルショップで働きながら原宿系のファッションモデルを目指していた。あるときふと思いついて、大好きなチョコミントスイーツとおそろいにしたカラーリングのファッションの自撮り写真をアップしたところ、とある有名なインフルエンサーに取り上げられたのだ。

いわゆるバズる、というやつである。

以来、緑子はチョコミントとミントグリーンのファッションをアップし続け、チョコミン党と原宿系ファッションを愛する若者に支持されるインフルエンサーとなったのだ。

「今日もバイト先に、あたし目当てのお客さんが来てくれてさ。このチョコミントクッキーはその子からもらったの。さっきの自撮りは、お礼のコメントと一緒にアップしようと思って。きっと喜んでくれると思うんだよね。あっ、ちゃんと背景に角打ちバーいれて匂わせしとくね」

「お、おう！　なんだかよくわかんねーけど、ファンまでいるなんて、マジですげーことになってるんだな！」

「まぁね、最近はオフ会もしてるの。RICOのファッション講座とか、チョコミントスイーツを食べる会とか。企業からコラボの依頼もあったりする」

「はぁー芸能人みてえだな！」

龍巳が目を見張ると「まぁ、それほどでもないけど」と言いながらも、緑子は自慢げに胸を張った。彼女の実力は想像以上で、これは期待できそうだと、さっそく本題に入る。

「それで、そんなふうにSNSでフォロワーを増やすにはどうすればいいんだ？」

「まず、あたしのアカウントを見て」

緑子はそう言って、「RICO」という自分のアカウントが表示されたスマホの画面を見せた。人差し指でスライドさせて写真を過去に遡る。カウンター越しに顔を寄せて、小さな画面を覗き込んだ薫と龍巳は「おおっ」と声を上げた。

まず目を引いたのは色合いだ。色鮮やかなチョコミントスウィーツと一緒に緑子が映っているのだが、その写真はすべてミントグリーン色で統一されており、ぱっきりとした加工がされている。身にまとっているファッションもポップでかわいらしく、見ているだけで楽しい気分になれるページだ。

「なんつーか……すげえオシャレだな！」

「そう、インスタではそのオシャレって感覚が大事なの。それがいわゆるバエってやつね」

「素人には難しそうですが……」

クオリティの高さに驚いて薫は思わず言った。

「そりゃあセンスと技術はあったほうがいいけど、インスタをオシャレに見せるための簡単なコツがあるから大丈夫だよ」

「おっ、そういうの待ってたぜ！」

龍巳が身を乗り出すと、緑子は再び自分のアカウントの画面を見せた。

「まずは写真のカラーを統一すること。カラーってのは、そのまんまの意味もあるんだけど、もうひとつ、なんていうか……」

「特色、でしょうか」

「そうそれ。やっぱ瀬名さん、龍兄とは違うね」

「なんでいちいち俺をディスるんだよ！」

緑子は「はいはい」と軽くあしらって話を続けた。

「あたしのテーマカラーは見てのとおりミントグリーンね。そしてもうひとつ、特色って意味でのカラーは、ポップなファッションとチョコミント。ここはブレさせちゃダメ。インスタの画面は、それでひとつのデザインだから」

「なるほど。パッと見ただけで写真の魅力と、何を伝えたいアカウントなのかがわかることが重要なのですね」

たしかに緑子のアカウントはわかりやすい。イメージカラーがはっきりしているし、特に自撮りをすれば必ず映る彼女のインナーカラーが、トレードマークとしての効果を大いに発揮していた。

「カラーを揃えるってのは、カクテルならどうしたらいいんだ？　同じ色のカクテルばっかりを写真にしたらつまらねえだろ」

「龍兄バカなの？」

「なっ……」

「別に同じ色にしろって言ってるわけじゃないから。ここならそうだな……あのお酒の瓶が並んでる棚を必ず背景にしてカクテルの写真を撮るの。そうすれば統一感でるでしょ。あとはフィルターをうまく使えばなんとかなると思うよ。コントラストにも気を付けて。便利な画像加工アプリもいっぱいあるけど、まぁ最初はインスタにあるフィルターで十分じゃないかな」

専門用語の連発に、龍巳は「お、おう……」と困惑顔だ。しかし薫は涼しい顔をして、さらっと言った。

「あとは写真の構図が毎回同じになるようにも注意しなくてはいけませんね」

「それ大事。さすが瀬名さん」

緑子が薫ばかりを褒めるのを見て、龍巳が悔しそうに言う。

「なんだよー、おまえSNSには詳しくないとか言って、けっこう知ってんじゃんかよ」

「あれから少し勉強をしましたから。緑子さんのようなプロの方に教えてもらうのに、事前知識なしでは失礼になってしまいます」

「ずりーぞ！」と、子どものようなことを言う龍巳を見て、呆《あき》れたように緑子が言った。

「ほら、龍兄とは違うんだよ。あたし見てすぐにわかったもん」

「まぁ、たしかにそうなんだけどな。やっぱ薫はすげえよ」

大げさではなく、薫はこの日のためにSNSのイロハを勉強していた。もともと調べものは嫌いではないし、薫にしてみれば当たり前のことをしただけであったが、こんなふうに褒められて不思議な気持ちになった。

「私がすごいのではなく、緑子さんの説明がわかりやすいからですよ。それにインフルエンサーとしてどれだけ努力しているかということが、写真を見ただけで伝わりました」

「べ、別にこれくらい、みんなやってることだから」

「それでもここまで継続することは大変なことです」

「そ、そう？　なんか、ありがと」

まっすぐな言葉を向けられて恥ずかしくなったのか、緑子は薫から目をそらして、ミントグリーン色の髪をくるくると指で弄んだ。

「おい！　やっぱおまえ薫と話すときだけなんかしおらしくねえか？」

「だ、だって！　お兄ちゃんや龍兄の友達にこんなに落ち着いた人いないから、なんか緊張しちゃって……」

彼らの友人とはいったいどんな人なのだろうかと薫は気になったが、それよりも彼女から友達と言われたことで、なんとなくくすぐったい気持ちになる。

龍巳は友達、なのだろうか。友達のいない薫には、よくわからなかった。

「ちくしょう……俺もバエってやつをマスターしてやるからな。まずは研究だ！　写真、もっと見せてもらってもいいか？」

龍巳は緑子からスマホを受け取り、薫にも見えるようにして見せた。画面を過去の投稿からスライドさせていく。写真が最新になったところで、おや、と手を止めた。

写真がミントグリーンカラーじゃなくなっていたのだ。

そこに映っていたのは大きく肩を出した、どちらかといえば男性ウケをしそうなピンクのオフショルダーを身にまとった笑顔の緑子。トレードマークのインナーカラーは、隠れて見えないようになっている。

何よりも、手にしているものがチョコミントのスイーツではなかった。

カラフルからは程遠い、シンプルなプラスチックのボトル。パッケージを見る限り、サプリかなにかの健康食品のようである。

「これもチョコミント味なのか？」

龍巳が聞くと、緑子はハッとしてスマホを奪い取った。

「こ、これは……違うけど……」

「じゃあなんでこんな写真載せたんだよ？　せっかくミントグリーンで統一したページが台無しじゃねえか」

よく見ると、その日以来そういう写真が何枚かあり、色の統一感がなくなっていた。

「ま、間違えたの。ほら、いまどき誰でも裏アカくらいあるでしょ」

「間違えたって、あんなに見た目にこだわってたおまえが、そんなはずねえだろ！　だいいち間違えたんなら、すぐに消せばいい話だ。どうしていきなりこだわりを捨てちまったんだ？」

緑子はしばらく黙っていたが、観念したように言った。

「し、知り合いから頼まれたの。商品持って写真アップしてくれればいいからって。そしたら報酬払うって。だから……」

薫の顔色が変わった。

「それは……ステルスマーケティングではないですか？」

「なんだ？　そのステルスなんとかって」

「広告と明記せず、消費者に隠して宣伝をすることです。例えば芸能人などに依頼して、自社の製品を愛用品だといって紹介してもらう、いわばやらせですね」

たしかにさっき見た写真には、「これ飲んだら超痩せた！　おすすめだよ」という宣伝じみたコメントが一緒に添えられていた。

「おい、緑子！　どうなんだ？　さっきのやつ、そのステルスなんとかなのか？」

「……い、今は愛用してるし」

「そういうことじゃねえだろ！」

カッと頭に血が上った龍巳は自分のスマホを取り出してRICOの名前で検索すると、彼女のアカウントを探し出した。サプリを持っている写真をタップすると、そこにはファンのコメントがずらりと並んでいた。

『おすすめ教えてくれてありがとう！』

『RICOちゃんが飲んでるなら買います！』

『これ飲んで痩せたら私もRICOちゃんみたいになれるかな？』

案の定ファンたちは、その健康食品を彼女が愛用しているものと信じて商品を買おうとしている。龍巳はその画面を緑子に突きつけた。

「おまえはこれを見てなんとも思わねえのか⁉」

「だ、だって仕事だから！　こういう依頼がくるのは、人気インフルエンサーの証《あかし》なの！　みんなやってることだよ！」

「だからってファンを騙《だま》していいってことはねえだろ！」

その言葉に唇を嚙《か》み締めていた緑子だったが、カウンターをダンッと叩いて立ち上がった。

「……龍兄にはわかんないよ」

「なんだよ、俺がインフルエンサーじゃないからか？　仕事のためだかなんだか知らねえけどよ、おまえが今やってること、銀郎に胸張って言えんのか⁉」

「お兄ちゃんは関係ない！」

緑子は振り絞るような声で叫び、店を出て行った。

「怒らせてしまいましたね……」

「悪かった。つい感情的になっちまって……」

「いえ、私もストレートに聞き過ぎました。ああいった消費者を騙す商売は私も好みません。それに場合によっては法律に触れる恐れもあります。それにしても、あれだけの信念をもって活動していた緑子さんがどうしてこんな仕事を引き受けてしまったのでしょうか」

「ああ、それは俺も引っかかってる。ファンにもらった差し入れをあんなにうれしそうにしてたんだ。そんなあいつがファンを騙すなんて……」

ＳＮＳ講座のあと、一杯やりながら緑子の恋愛事情を聞くつもりが、思いがけないことになってしまい、二人は顔を見合わせた。

「このことを銀郎さんに伝えますか？」

どうするべきか、龍巳はスマホを手にじっと考えた。

＊　＊　＊

店を飛び出した勢いのまま緑子は、秋葉原《あきはばら》にあるクラブハウス「ANAGUMA」の重いドアを開けた。

熱気のあるフロアには大音量のテクノポップが鳴り響き、大勢の客が肩を揺らしている。照明が乱反射する宇宙服のようなジャンパーを着て、おもちゃのようにバカでかいサングラスにキャップをかぶったDJがフロアを煽《あお》ると、大歓声が応えた。

しかし緑子は最高潮になっているフロアを見向きもせず、盛り上がる客たちをかき分けてバーカウンターに腰掛ける。

いつものメロンソーダを注文するが、その鮮やかなグリーンを見たら口をつける気がなくなってしまった。

パチパチと弾《はじ》ける炭酸を見ながら緑子は、今日角打ちバーを訪れる前に、バイト先のアパレルショップであった出来事を思い出す。


「キャー！　本物のRICOちゃんに会えるなんて夢みたい！」

ファンです、と言って握手を求めた中学生くらいの女の子は、新発売のチョコミントクッキーを手渡したあと、感極まって言った。

「わ、私、大宮《おおみや》から来たんです。RICOちゃんのことが大好きで、お洋服もかわいくて、ずっと憧れてて。あのっ、インスタいつも見てます！」

女の子は見ていてわかるほどに緊張していて、緑子が「ありがとう」と礼を言うと、声にならない声を出して真っ赤になった。

「今日はお洋服を選んでもらいたくて。お願いしてもいいですか？　RICOちゃんみたいなミントグリーンがいいなぁ」

緑子は「もちろん」と言って頷いたが、ひっそりと頭を抱えた。自分はただこのアパレルブランドで働いているだけのアルバイトで、ここに置いてある服は緑子がプロデュースをしたわけでもなんでもない。季節柄もあってミントグリーン色の商品も少なく、かろうじて探し出したのは、通年で発売している白地にミントグリーンのロゴが入ったTシャツだった。これなら彼女の小遣いでも買えるだろう。ほっとして、このTシャツにロゴと同系色のスカートを合わせるコーディネートを勧めた。

「わぁ、ロゴがRICOちゃんカラーですね！」

と言って女の子は素直に喜んだが、緑子は複雑な気持ちだった。

彼女の夢はファッションモデルになることで、その夢にはいつもあと一歩届かない。街角スナップで声を掛けられることはあっても、スタジオに呼ばれることはなかった。しかし育ちやスタイルに恵まれた周りの女友達たちは、次々と読者モデルになって雑誌デビューをしていく。そのなかには事務所に所属してプロになった女の子もいて、原宿には彼女たちがプロデュースした商品が並ぶアパレルの店が数多くあった。

私だって、いつか——と、歯がゆい思いで拳を握り締める。

こんなに素朴で小さな子が、遠くから小遣いを握り締めて会いに来てくれたのだ。そして自分のファッションを好きだと言ってくれた。

その笑顔にいつか応えたいと思いながら、接客を終えて彼女を店の外まで送り出す。

そのとき街頭から、女の子たちの黄色い声が上がった。声のした方向を見ると、そこにいたのはモデルの美堂《みどう》ルルとその撮影隊だった。

「あっ、ルルちゃんだ！」

と、目の前にいる緑子のことは忘れてしまったかのように女の子の表情が輝いた。

無理もない。美堂ルルは大人気の原宿系ファッションモデルで、特に若い女の子からは絶大な支持を集めているカワイイ文化の伝道師だ。きっかけは街角スナップだが、実は芸能事務所の社長と有名な大女優を両親に持つサラブレットの彼女は、持ち前の美貌とセンスで瞬く間に人気モデルとなった。原宿中に美堂ルルの顔が大きくプリントされたポスターが貼られており、今度彼女がプロデュースするアパレルブランドもできるという。

彼女のインスタグラムのフォロワーは五十万人以上で、自分とは比べ物にならない。

「やっぱりかわいいね……」

その姿を見た緑子は思わず呟いたが、すっかり美堂ルルに夢中になってしまった女の子に、もうその声は届かない。

「今日はありがとうございました」

ようやく緑子を振り向いて言うと、女の子は小走りに、歓声の上がる輪の中へと消えて行った。

「よう、おまえがここに来るなんて珍しいな」

肩を叩かれてハッと振り向くと、そこにはさっきDJブースにいた男が立っていた。

気づけばいつの間にか、流れている曲が場つなぎのものに変わっている。

「なんかあったのか?」耳元に顔を寄せて男が聞くと、緑子は不機嫌な声で言った。

「……サイテーなことがあった」

「なんだよ、俺に話してみ?」

角打ちバーであったことを話そうとして、少し迷う。話せばきっと、あの二人はただでは済まないだろう。

彼は昔から、自分のためならなんだってしてくれる。現にこうして緑子が仕事場に会いに来ただけで、その表情はメロメロだ。

——龍兄が悪いんだからね。

そう言い聞かせ、緑子はことの次第を話した。彼は自分の事情をよく知っていて、仕事について賛成もしてくれている。この話を聞けば、自分と同じ気持ちで怒ってくれるはずだと、そう思った。

緑子がどうしても避けたいこと、それは現状が兄の銀郎に伝わることだった。彼が怒りに任せて角打ちバーに乗り込めば、それを阻止できる。

緑子の思惑どおり、男はわなわなと拳を震わせ「おまえを悲しませるやつは許せねえ」と呟く。

そしてキャップを取り、力任せにカウンターに叩きつけた。

「安心しろ。俺がけじめつけてやんよ」

＊　＊　＊

角打ちバーが閉店する十分前。

カラカラと戸の開く音がして、深夜の冷たい風がビュウと吹き込んだ。やって来た客は商品に目をくれることなく、つかつかと角打ちスペースへと近づく。

「おい、テメーら緑子に何しやがった⁉」

もう客は来ないだろうと、カウンターの水拭きをしていた薫は、怒号に驚いて振り向いた。

そこにいたのは、ショッキングピンクに染められたド派手な頭にキャップをかぶった、小柄な少年。

カラフルなワッペンのついたスタジャンに細身のパンツ、蛍光色のゴツいスニーカーが際立っている。全体的に目がチカチカするファッションで、薫は思わず目を細めた。

もしやこれが、緑子の彼氏？　そう思って身構えたが、黒いワゴンを転がすような悪い男には見えず、ひとまずは深夜に少年がひとりでいることを心配することにした。

「あの、事情はわかりませんが。未成年がこんな時間にうろついては危険ですよ」

「はぁ⁉　オレは二十六だ！　未成年じゃねえ！」

「これは失礼をいたしました」

人生で初めて胸倉を掴《つか》まれるという経験をしながらも、薫は驚いて謝った。すると騒ぎを聞きつけた龍巳が、上から降りてくる。

「おい、なんだよ、うるせえなぁ。帳簿つけてるときは静かにしてもらわねえと――」

暖簾をくぐってカウンターへ顔を出し、目の前の状況を見た龍巳は「おい、テメー！」と、いかにも元ヤンキーらしい反射神経で飛び出してきた。

「薫に手ぇ出すんじゃねえよ」

ドスの効いた声で凄《すご》むと、ピンク髪の華奢な腕をぎりりとひねり上げた。

「いってててて！　いてえって！　放せよ、龍巳！」

「あ？」名前を呼ばれて手を放す。

「なんだよ、桃太《ももた》じゃねえか！」

さっきまで睨《にら》みを利かせていた龍巳の顔が、パッと明るくなった。

「なんだよじゃねえよ！　いてえだろ！」

「悪《わり》ぃ、悪ぃ！　こんな夜中に殴り込みかと思ってよ」

「んなワケねーだろ！　このヤンキーが！」

「あ？」

再び龍巳が凄むと、ピンク髪はさっきまでの威勢が嘘《うそ》のように「さーせん」と言って縮こまり、さっきひねられた手首を押さえて「だから嫌なんだよ……」と、ブツブツ言った。

「お知り合いなんです？」薫が聞く。

「ああ、銀郎の弟で緑子の兄の花見沢桃太だ。アキバでアニソンＤＪやってる」

「弟で兄」と繰り返し、再び彼を見た。

銀色、緑色ときて、次は桃色の髪。花見沢家では、髪の色を派手にしなければいけないルールでもあるのだろうかと考えていると、龍巳が察したように言った。

「こいつら三人この頭の色だろ。だからこのあたりじゃ赤羽の花見団子って呼ばれてる」

「おい！　その名前で呼ぶなって！」

桃太は凄んだが、龍巳が相手では大型犬に飛び掛かろうとするチワワのようである。

「どうどう、落ち着けって。で、今日は何の用で来たんだ？　あの様子じゃ、ただ酒を飲みに来たってわけじゃなさそうだ」

「緑子のことで落とし前つけにきたんだよ。今日クラブに来て、あんたらにひでーこと言われたって言ってた」

「怒らせちまったことは悪かったよ。でもな、あいつヤバイ仕事してるぜ？　えっと、なんてったっけな、ステルス……」

「ステルスマーケティングです」

「そう、それ！　使ってもねえ商品を愛用品のふりして宣伝してんだよ」

それを聞いて桃太はしばらく黙っていたが、決意したように口を開いた。

「……そんなの知ってるよ」

「だったらなんで注意しないんだよ！　おめえ、兄貴だろ！」

「兄貴だからだよ！」

その剣幕に龍巳は思わず押し黙った。

「あいつは最近、事務所に入ったんだ。インスタが有名になったからって、声をかけられたらしい。ステマの仕事は、その事務所が持ってきたって言ってた」

「は？　それじゃあ会社ぐるみってことかよ？　もっと悪いじゃねえか！」

桃太は顔を上げてキッと龍巳を睨んだ。

「おまえはあいつの夢、知ってんだろ！　小さい頃からモデルになりたいって、誰よりも努力してた。フリーでインフルエンサーになって、ようやく事務所にも入れて。頑張ればモデルの仕事を紹介してもらえるかもしれないって喜んでたんだ。だから……」

「……汚ねえ仕事も仕方がねえってのか？」

くっ……と、唇を噛み締めたあと桃太は振り絞るような声で言った。

「テメーなんかにはわかんねえよ！　オレたちみたいなやつの気持ちは……」

「緑子と同じこと言うんだな」

そう言うと、桃太の握った拳が震えていた。

桃太は秋葉原を拠点として各地のクラブを回るフリーのアニソンDJだ。

アニソンDJとは、その名のとおりアニメソングだけを流すDJのことだが、その楽曲はヒップホップにロック、誰もが知っている流行りのJポップからエレクトロニック・ダンス・ミュージックと、様々である。

ジャンルのまったく異なるそれらを音楽的に、またオタク的な側面を持ってミックスをするというのは、実はとても難しい。

もともとコアなアニメオタクで、漫画やゲーム、ボーカロイドなどサブカルチャー全般に詳しい桃太は、そのオタク知識を駆使した「エモい」ミックスで、アニソンクラブ業界では有名なDJだった。

しかしいくら業界で有名でも、フリーで活動する桃太がそれだけで食べていくことは簡単ではない。実際は昼間に飲食店でアルバイトをしたり、ときには日雇いの仕事をしたりして生活費を稼いでいた。

「……オレのことはいいんだ。オレはそれでもフリーでやるって、自分の力であがくって覚悟したから。でも緑子には、そんな苦労はさせたくねーんだよ。どんな形でも、それがチャンスになるなら応援してやりたいんだ」

自分に言い聞かせるように語る桃太を見て、龍巳は彼が小さかったころのことを思い出していた。

桃太は小柄な体型で、よくアニメオタクということをからかわれて孤立していた。

そのたびに銀郎と二人で助けに向かったのだが、なんせそのころの龍巳は赤羽のレッドドラゴン。界隈《かいわい》では有名なバリバリの現役ヤンキーだ。

恐れをなしていじめっ子がいなくなったまではよかったが、「あいつはバックにヤベーやつがいる」と噂《うわさ》になってしまい、クラスメートたちからも距離を置かれてしまったことを、龍巳は今でも申し訳ないと思っている。

しかし彼は龍巳たちの助けなんて必要としないくらい強かった。

「オレはな！　おまえらの助けなんかいらないんだよ！　オレの好きなものをバカにするなら友達だっていらない！」

あのころ小さな少年は、声を振り絞ってそう叫んでいた。

誰になんと言われようと自分の「好き」を貫く孤高のオタク少年のことを、そういうものを何も持っていない龍巳は、少しうらやましいと思ったことを覚えている。

桃太は大きくなっても、あの頃のままだ。

「緑子はいま大事なときなんだよ。だからもう余計なことを言わないでくれ！」

だから龍巳は、そう言って店を出て行った桃太のことを、止めることができなかった。

＊　＊　＊

緑子の一件と桃太のことを、銀郎にどう報告するべきか迷っているうちに、タイミングよく彼がお客として角打ちバーにやってきた。龍巳と薫は少し相談をしてから、やはり兄の耳には入れておいたほうがいいということになり、ことの次第を報告する。

「そっか、そんなことがあったんだね……」

と、グラスを傾けながら銀郎がぽつりと言った。飲んでいるのは、すっかりお気に入りとなったカクテル、シルバーブレット。

今日は艶のある銀髪をポニーテールにしていて、その優雅な姿にカクテルグラスがよく似合っていた。

「そういうわけで悪かったな。緑子が付き合ってる男について聞き出すどころか、あいつを怒らせて、桃太まで出てくる結果になっちまった」

「ううん。緑子ちゃんの彼氏のことは、もういいよ。たっくんの言うとおり、緑子ちゃんはもう大人なんだから、いくら兄貴とはいえプライベートを探ろうなんて間違ってた。ボクもそろそろ妹離れしないとね。でも……ステマの件は心配だな。それどころかボク、緑子ちゃんが事務所に入ったことも知らなかったし……」

緑子は成人しているので、本人の独断で契約をすることは問題ではない。しかし銀郎は、年の離れた妹が大人になっていくことを目《ま》の当たりにして、寂しそうに話した。

「ステルスマーケティングは違法行為というわけではありません。ただ、もしそれが消費者に発覚した場合、著しく信用を失うリスクがあります。個人ではなく事務所に所属して、タレント活動をするのであればなおさらです」

「ファンはいい気持ちしねえもんなぁ」

銀郎は揺れる液体をしばらく見つめてから、「気持ちはわかるんだ」と呟いた。

「ボクたちのバンド、今はフリーでやってるけど、ずいぶんと前に事務所に入っていたことがあってね。メジャーデビューもして、この界隈じゃそこそこ知られたバンドだったんだ。そうなれたのはさ、やっぱり事務所に入っていたおかげなんだよ。ボクたちがフリーでやるには限界があった。まだ若かったしね。契約まわりのこと、宣伝広告、CDの流通。そういうことは、やっぱりプロに任せるのが一番だって、今でも思ってる」

「それじゃあ銀郎さんはどうして、事務所を辞めてインディーズに戻ったんですか？」

薫が疑問に思って聞くと、銀郎はグラスを静かに置いて言った。

「好きな音楽ができなくなっちゃったんだよね」

人差し指を口元に添えて、にっこりと笑う。銀郎はそれ以上のことを語らなかったが、その表情は晴れ晴れとした表情から、自分の、いや、バンドメンバーの選択した道を決して後悔していないことが見てとれた。

「芸の道は様々なのですね」

薫が言うと、銀郎は深く頷く。

「とはいえ芸能ごとも商売だからね。やっぱり売れなきゃ意味がない。だから緑子ちゃんの気持ちはわかるし、桃《もも》くんの言い分もわかる。みんな必死なんだ」

誰になんと言われようと夢のために自分を貫こうとしている緑子、理想と現実の狭間で戦っている桃太、そして夢を叶《かな》えることで現実を知りなお、また新しい道を選んだ銀郎。

誰が正しくて誰が間違っているということはない。ただ皆が皆、自分のために自分の人生を精一杯生きているのだと、薫は彼らの姿を眩しく感じた。

「シルバーブレット——銀の弾丸は魔除けのお酒だって、薫くん言ってたね。こんなボクだけど父親代わりもしてきたからさ、緑子ちゃんや桃くんが幸せになってくれるのが一番の望みなんだ。だから二人に、特に小さい頃から寂しい思いをしてきた緑子ちゃんには、悪いことがおきませんようにって、いつも祈ってる。だから本当は……」

心配だし、今すぐにでも緑子を問い詰めたいのだろう。しかしやさしい性格の彼は、きっと誰のことも否定したくないのだ。

銀郎は魔除けの酒に願掛けをするように、ゆっくりとひとくちを味わった。

薫にはひとつだけ、緑子のことで気になっていることがあった。

「緑子さんはなんという事務所に入っているのでしょうか？　フリーで活動するより事務所に入ってプロのマネージメントを受けたほうがいいというのは、ビジネスの目線から見てそのとおりだと思います。ですがしかし、私にはステルスマーケティングを推奨するような事務所が、誠実な会社とは思えないのです」

それは元銀行員として様々な会社を見てきた薫の勘である。

「心当たりはないけど……そうだ！　もし事務所に所属したのならインスタのアカウント

に何かしらの情報が書いてあるんじゃないかな。ボクもそうしてたけど、芸能活動をするタレントさんはプロフィールに必ず所属を載せるから」

よしっ、と言って龍巳が緑子のアカウントを開く。

するとそこには、所属事務所として「キューティーアップル」という名前とURLのリンクがあった。タップすると、いかにも芸能事務所らしいスタイリッシュなホームページが表示される。女性タレントをメインに扱う会社のようで、モデルやアイドルと思しき女の子たちの写真がずらりと並んでいた。

「どうやらちゃんとした事務所みたいだぜ」

龍巳がそう言って銀郎は胸を撫《な》で下ろしたが、薫は「まだわかりません」と言って店用のノートパソコンを取り出した。カチャカチャと慣れた手つきでキーを叩く。眼鏡のレンズに反射した画面が忙しく動いていた。

「おい、なにしてんだ？」

尋ねるが答えない。薫は無表情のままパソコンを叩き続け、しばらくしてから言った。

「国税庁のサイトに法人の登録がありません。ホームページに載っている住所を見ても、そこに会社は存在しませんでした」

「どういうことだ⁉」

龍巳が立ち上がる。

「つまりは存在しない会社ということでしょう。やはり怪しいですね」

「そ、それって緑子ちゃんが悪徳事務所に捕まってるってことなの⁉」

銀郎は今にも泣き出しそうな表情になった。悪徳、という言葉を聞いて薫がハッとする。

「以前に銀郎さんが見かけた黒いワゴンに乗った悪そうな男というは、もしかしてこの事務所に関係する人間なのではないでしょうか?」

サッと血の気が引いた。そのときである。

「大変だ!」という言葉と共に、桃太が飛び込んできた。

「どうしたの、桃くん!」

銀郎が駆け寄る。桃太はどこからか走ってきたらしく、肩で息をしていた。

「緑子が所属してる事務所……キューティーアップルってんだけど……そこがヤベーところだったんだ……」

「い、いまボクたちもそれについて調べてたところなんだ! ヤ、ヤバイって?」

「さっきイベントに来たコスプレイヤーの女の子から聞いた話なんだけど。その事務所、モデルやアイドルになりたい女の子を騙して……その……脱がせたりしてるらしい」

桃太は心配性の兄を気遣って小さな声で言ったが、銀郎はその言葉を聞いてふらりと倒れそうになる。

「緑子のやつ、今日の夜、撮影だって言ってた。もしかしたら……」

真っ青になった銀郎を支えながら龍巳が聞いた。

「場所はわかるか?」

「そいつら雑居ビルの一室を借りてスタジオにしてるらしい。場所はここ」

スマホに写されたマップを見て、龍巳は「すぐに行くぞ」とバイクのキーを持った。

「待ってください！　警察に連絡をしたほうが」

「そんな暇ねえよ！　それに現状じゃ警察は動いてくれねえ。違法行為してるってわけじゃねえからな」

「うん。やつらもバカじゃないから、撮影の前に必ず契約書を交わすんだって。だからいざ現場に行って聞いてた話と違っても、泣き寝入りするしかないんだ」

桃太が悔しそうに言った。

「やっぱり俺たちが行くしかねえ」

「やめてください！　無茶ですよ！」

薫は思わずカウンターを平手で叩く。すると龍巳が、ニッと笑って言った。

「大丈夫、俺らに任せろ」

＊　＊　＊

「ここが……スタジオですか……？」

ファッション誌に載せるための撮影をすると聞いて、古びた雑居ビルの一室に連れられてきた緑子は思わず聞いた。照明器具と背景スタンドだけが置いてあるだけの狭い部屋は薄暗く埃《ほこり》っぽい匂いがする。

「そうだよ。うちの専属スタジオだから安心してね」

顔の形がいつも笑顔で固定されているマネージャーの男、坂田《さかた》が猫なで声で言った。

マネージャーといっても専属ではなく、現在メインとしてやっている「商品を持って笑顔で写真を載せるだけ」の仕事をたびたび持ってくるだけの、いわば連絡係のような存在の男なのだが、それでもいま頼れるのは彼しかいない。

ずっと憧れだったファッションモデルに、ようやくなれるのだ。

スタジオで緑子を待っていたのは、日に焼けた肌にゴツいシルバーアクセサリーをつけた細身の男だった。どうやら彼がカメラマンらしい。

「ＲＩＣＯです。よろしくお願いします」

「へえ、実物もかわいいじゃん」

「えっ、あ、ありがとうございます」

「そんじゃサクサクいこっか」

男は一度も緑子に挨拶をしないまま、ガチャガチャと音をたてて機材の準備を始めた。

このいかにも軽薄そうな男がカメラマンなのだろうか。

不信感を覚えたのは、銀郎や桃太から「こういう業界は挨拶が基本だ」と口酸《くちす》っぱく言われていたからである。挨拶をしないどころか初対面でセクハラ発言、なによりもカメラの取り扱いが乱暴だ。撮影は街頭スナップしか経験のない緑子であったが、こんなカメラマンはひとりもいなかった。

「これに着替えて」

カメラマンに渡された紙袋の中身を見て、「えっ」と声を上げる。入っていたのはビキニタイプの水着だった。

「な、なんですか……これ……」

「あれ？　聞いてないの？」

「ファッション誌の撮影だって……」

「ああ……うん、来年の夏に載せるトレンド水着の撮影だよ。水着もファッションでしょ」

それにしては布地の面積が少なく、ファッション水着として普通の女の子たちが着るようなデザインにはとても見えない。

「私、こんなの着れません！」

そう言って突っ返すと、カメラマンはめんどくさそうにため息をついた。

「いまどきグラビアくらい普通っしょ。それで人気出たら、ファッション雑誌から声かかるってこともあるし。これも戦略だよ」

「グラビア？　話が違います！　坂田さん！　あたしファッションモデルになりたいのに！」

助けを求め、彼の顔を見てぎょっとした。ぞっとするくらいの冷たい目。笑顔の仮面が剝《は》がれ、冷酷そのものという顔つきで坂田は言い放った。

「さっき契約書にサインしたよね？　今さら仕事を断るなんて、そんな勝手なことできると思ってるの？　社会人でしょ」

「えっ、あれはただの確認書類だって」

「だから、確認してサインしたでしょ？」

　時間がないからと中身をろくに確認する暇もなく、薄暗い車内で急《せ》かされるように書類にサインをした。あれが契約書だったなんて。緑子は騙されたことがわかり真っ青になった。

「なぁ、これはおまえのためを思って持ってきた仕事なんだよ。普通にやってたって、おまえはファッションモデルになんかなれない。現にそんな仕事は来ないだろう？　でもグラビアで注目されれば、仕事の幅が増えるんだ。そうすればきっとモデルにだってなれる」

　今度は別人のようにやさしい声で、坂田が諭すように語り掛けた。スタジオの空気が薄いせいか呼吸が浅くなり、頭がぼんやりとしてくる。

　自分がどうしてファッションモデルになれないのか。坂田の言葉は、その現実を思い出させた。

　緑子は小柄で、身長は一五〇センチちょっと。モデルになるには最低でも一六〇センチ以上の身長を条件とする事務所が多く、彼女はまず応募の資格すら得られなかった。

　緑子の頭に、断片的な映像が浮かび上がる。

読者モデルになった友人たち、原宿中に貼られた美堂ルルのポスター、そして彼女のほうへ走って行った女の子の後ろ姿——。

いくらインスタで有名になったって、自分はただのオシャレなアルバイトでしかない。

緑子は坂田の腕にすがった両手を力なく落とした。それを観念したとみたカメラマンがニヤリと下卑た笑いを浮かべる。

「それじゃあはじめようか」

着替えを促されて、もう一度水着を手に取った。

色はピンクでふりふりとしたレースがついており、かわいらしい雰囲気とは裏腹に、肌の露出がかなり多くなってしまうきわどいデザインだ。

「やっぱり……嫌……」

「えっ？」とカメラマンが顔を上げる。

「あたし、できません」

「は？　何言ってんの。これ、正式な仕事だって言ったよね？」

「すみません！　ごめんなさい！」

「ごめんで済む話じゃねーんだよ！　こっちは契約書交わしてんだ。ブッチして逃げようってんなら、損害賠償請求してもいいんだぜ？　なぁ、坂田さん」

「残念だけど、そうなるね。だからＲＩＣＯ、おとなしく言うことを聞いたほうが君のためだよ」

その態度からは自社のタレントを守るなどという気持ちは微塵《みじん》も感じられない。

彼らはグルだったのだ。カメラマンが坂田に耳打ちをする。「……無理やり」という単語が漏れ聞こえ、緑子は弾かれたように走り出そうとしたが、一歩遅かった。腕を掴まれて引き戻されてしまう。

「痛いっ！　放してっ……誰か……助けてえっ！」

叫び声を上げげた、そのときである。

バーンという音がして、古びた鉄のドアが勢いよく開いた。そこにいたのは、龍の刺繍が入った赤いスカジャンと、真っ黒なロングコートを羽織った銀髪の男。

その突飛な組み合わせに、坂田とカメラマンはぽかんと口を開ける。

「お兄ちゃん！　龍兄ぃ！」

と、緑子が叫んでハッとしたカメラマンが、「ああ？　誰だ、テメーら」と凄んだ。

「ボクの大切な妹を傷つけるなんて許さないから！」

「仲間の家族は俺にとっても家族同然。つーわけで……覚悟しろよな」

二人は大げさな台詞を言って見得を切る。

赤羽のレッドドラゴンと言われた赤井《あかい》龍巳がニヤリと笑って、バキバキと拳を鳴らした。

＊　＊　＊

角打ちバーに残された二人は、そわそわと帰りを待っていた。

薫はさっきからずっと同じグラスを拭いていて、桃太は出された水にひとくちも口をつけず、カウンターを人差し指でトントンと叩いている。

「大丈夫でしょうか。やはり警察に連絡をしたほうが」

「いや、それはマズイ。あいつら何しでかしてるかわかんねえからな」

「そ、そんな物騒なことをしに行ったのですか？ 私はてっきり話し合いで解決をしに行ったのかと」

「んなわけねーだろ。あいつら元ヤンだぞ」

薫は青ざめた。角打ちバーはまだ始まったばかりである。いくら大義名分があっても、暴力沙汰を起こしたら店を続けるどころの騒ぎではない。

「ど、どうしたらいいでしょう。とりあえず乱暴なことはやめるよう連絡を――」

そのときガラリと勢いよく戸が開いて、複数の足音がカウンターに向かってやって来た。

龍巳と銀郎、そして緑子の三人である。

「緑子！ よかった！」

桃太が駆け寄った。

「危ないところだったぜ。桃太の言うとおり、キューティーアップルは悪徳事務所だった。スタジオに踏み込んで緑子との縁は切らせたよ。男が二人いたが、まぁ大したことなかったぜ」

龍巳がニッと笑う。彼女が無事でひとまずほっとしたが、薫はもうひとつの心配ごとを尋ねた。

「そんな危ない場所から、い、いったいどうやって助け出したんです?」

「ああ、ちょっと手を借りたんだよ。仲間に、な」

龍巳はニヤリと不敵な笑みを浮かべる。すると店の外から、けたたましいバイクの音が遠ざかっていくのが聞こえた。

「も、もしかして大勢で、け、けじめを……?」

薫が震えながら言うと、龍巳は「はぁ?」と目を丸くしたあと声を上げて笑った。

「バーカ。おまえなに想像してんだよ!」

「だってメンツを潰されたときはけじめをつけると以前あなたが……」

「そこは大人のやり方ってのがあんだろーが。バイク仲間に弁護士の先生がいてな。頼んで来てもらったんだ。契約書は破棄させたし、二度と緑子に連絡しないよう念書も書かせたから、これでもう大丈夫だと思うぜ。まぁそれでもダメなら……待機させてた仲間に乗り込んでもらう予定だったけどな?」

最後のところは聞かなかったことにした。

「龍兄……ごめんなさい……」

「別に謝ることじゃねえよ。親友の妹を助けるのは当然だ。それより兄貴に礼を言いな」

緑子が気まずそうに銀郎のほうを見る。

「お兄ちゃん……ありがとう」

「緑子ちゃんが無事でよかったよ。でもね、これからはもっとボクに相談して。過保護だって言われるかもしれないけど、それでもやっぱり、ボクは緑子ちゃんのお兄ちゃんだから」

「うん……」

銀郎の笑顔を見てほっとしたのか、緑子の目にぶわりと涙が溢《あふ》れた。

「ごめんなさい……あたし……どうしてもモデルになりたかったの……だから事務所に所属しないかって言われてうれしくて……それがこんなことになるなんて……本当にごめんなさい」

泣きじゃくる緑子の頭を、銀郎はよしよしとやさしく撫でる。

「不安、だったんだよね。気づいてあげられなくてごめん。でも、緑子ちゃんはそのままでいいんだよ」

しかし緑子はかぶりを振った。

「ダメなんだよ！　いくらインスタで有名でも、一歩外に出ればあたしのことなんて誰も知らない。あたしはただの普通の人なの！　声をかけてくれた事務所だって結局こんなんで、あたしには才能がないんだよ……」

龍巳が思わず口を出す。

「そんなことねえって！　俺はおまえのインスタ見て、すげえって思ったよ。なんつーか、おまえだけにしかできないことって感じでさ。すっげえかっこよかった。好きなんだろ？オシャレもチョコミントも。あれを始めた最初の気持ちを思い出してみろよ」

「そんなの……もう忘れちゃったよ……」

緑子は力なく言った。信じていた相手に裏切られ、モデルになれるかもしれないという希望を失ったショックで、かなりまいっているのだろう。

そんな緑子を見て、薫も何か言葉をかけてあげたいと思うが見つからない。

彼女がインスタのこだわりを語っていたときの、キラキラとした目の輝きを思い出す。

チョコミントとオシャレが大好きな、ミントグリーンの髪をした小さな女の子。

そんな彼女に自分ができることが、ひとつだけあった。

「あの、緑子さんはお酒が飲めないというわけではないのですよね。それならぜひ、試していただきたいカクテルがあるのです」

＊　＊　＊

薫は慣れた手つきでバックバーからリキュールを手に取ると、カウンターに並べた。

材料はホワイトカカオリキュールとミントリキュール、そして生クリームだ。シェイカーに氷を組み立てて、それらの材料を素早く分量どおりに入れる。

「あ、きれいな緑」と、ミントリキュールのボトルを見た緑子が呟いた。

「おっ、少しは興味が出てきたみたいだな」

龍巳が言うと、緑子は慌てたようにそっぽを向く。

「ボトルが緑色だったから反応しただけ！　お酒なんてマズイから嫌いだよ。でも、薫さんがカクテル作るところは、ちょっと見てみたかったから」

「ありがとうございます。それでは緑子さんのために、とっておきを――」

薫は礼をしてから背筋を伸ばすと、すっとシェイカーを構えた。

シャカシャカシャカシャカ……と、静かな店内に小気味いい音が響く。生クリームは混ざりにくい材料なので、シェイクはいつもより力強く多めに。

薫の流れるように美しい所作を見て、まるでほんとうに花見団子のように、カウンターに顔を並べた花見沢三兄弟が思わず「ほうっ」とため息をついた。

店主としてホスト側に回った龍巳は、当店自慢のバーテンダーに見惚《みほ》れる三人をカウンター越しに見て、満足げな表情をしている。

シェイクが終わり、薫はカクテルグラスにとろりとした液体を注いだ。

「どうぞ、グラスホッパーです」

グラスを満たしたのは、クリーミィなミントグリーン色。

「あたしの色、だ……！」

緑子の瞳は、その美しいカクテルにうっとりと釘付けになった。

「色だけではありません。どうぞ召し上がってみてください」

ひとくち飲んで目を丸くする。

ミントの爽やかな香りがすっと鼻に抜けて、香ばしいカカオと混ざり合う。それと生クリームのこくが舌の上で溶け合えばまさに――。

「チョコミント！」

「はい。これは緑子さんのためのカクテルと言っても過言ではありません。だから、絶対に飲んで欲しかった。無理を言ってすみませんでした」

「ううん。だってこれ、あたしが普段飲んでるお酒と全然違うよ！　甘くて飲みやすくて、スイーツみたいで、すっごくおいしい！」

「ありがとうございます。以前お話をしたとき、緑子さんがお酒を嫌いになった理由は、リーズナブルな居酒屋の飲み放題で飲んだカクテルがまずかったから、とおっしゃっていました。お値打ちな店の飲み放題の場合、酒は薄く作られたり、できあいのカクテルだったりすることが多いです。そうするとやはりぼやけた味になってしまい、本来のおいしさが味わえません。もし緑子さんがそのせいで酒はまずいものだと思ってしまっているのなら、それはもったいないことだと思いました」

緑子が、ゆっくりとグラスを傾ける。

「お酒ってこんなにおいしいんだね……なんかこれってチョコミントをはじめて食べたときの衝撃に似てるかも」

そして、チョコミントを好きになったきっかけのことを思い出した。

父親がつけてくれた「緑子」という名前が好きで、小さな頃から洋服や持ち物は、名前に入っている緑色を選んだ。それから少し大きくなり、ただの緑より「ちょっとカワイイ」ミントグリーンという色を知って大好きになる。

友達とアイスクリームを食べに行ったとき、ミントグリーン色のチョコミントアイスを初めて見て一目惚れしたのは、中学生の頃だった。

――でもコーンの上に乗ったアイスをわくわくしながらひとくち食べたら、最初は歯磨き粉の味がしたっけ。

そのときのことを思い出して、緑子は「ふふっ」と笑みを浮かべる。

最初は衝撃的だったミント味だが、そのあとそれがすっかり癖になり、あっという間にチョコミントスイーツの虜になったのだ。そして彼女の今がある。

「最初の気持ち、思い出した。あたし、ただチョコミントとオシャレが大好きだったんだ」

ミントグリーンのカクテルを見つめて呟いた緑子の目には、涙が浮かんでいた。

「瀬名さん。このカクテル、すごくおいしいです。甘くて幸せな味がする」

「ありがとうございます。そう言っていただけてよかったです。アルコールを飲めない方に酒をおすすめすることはもちろんありません。ですが、まずい酒を飲んだせいで酒を嫌いになってしまった緑子さんのことは放っておけませんでした。これはバーテンダーとしてのプライドですね」

「プライド……本当の好きは、ちゃんと伝わるんだね……」

「はい、だから緑子さんの想いも、これからもっと多くの人に伝わると思います」

緑子は大きく頷いた。

「ただひとつだけ。グラスホッパーは飲みやすいカクテルですが、実はアルコール度数が高めなのです。飲みすぎにはご注意くださいね」

「はーい」と答えたそばから、緑子はあまりのおいしさにまた喉を鳴らす。

氷が入っていないショートカクテルは、ぬるくなると味が落ちてしまうので、その名のとおり短時間で飲み干すのが基本だ。だから緑子の飲み方は正しいが、アルコール度数が高いと聞いて心配した銀郎が慌ててチェイサーを頼んだ。

「もー緑子ちゃんペース早すぎ！　お酒苦手なんでしょ？」

「苦手じゃないよ。味が嫌いってだけで、お酒には強いから」

「そうは言っても、飲みすぎはダメ！　それと緑子ちゃんが行ってるっていう飲み会だけど、もしかしてコンパじゃないよね？」

銀郎は顔をぐっと近づけて、緑子の目をじっと見た。

「違うから！　そりゃたまには男もいるけど」

「ええっ⁉　お兄ちゃん、男のいる飲み会なんて許しませんからねっ⁉」

「もー、過保護すぎだってば」

「オレも許さない。コンパに来るような陽キャの男は１００％クズ」

「って、桃兄《ももにい》まで！　ていうかそれ偏見だから！」

わいわいと仲良く言い合いをしている赤羽の花見団子たちを見て、龍巳と薫は思わず顔を見合わせて笑った。

「一件落着ってとこだな」と、龍巳が満足そうに呟く。

「あっ、瀬名さん。もう一杯、おかわりもらってもいい？」

兄たちの圧を押しのけて、緑子が言った。

「はい、もちろん」

「ちょっと、緑子ちゃん！　飲みすぎはダメって言ったのに！」

「あと一杯だけ！　一緒に写真撮ってインスタに載せるの」

「おっ、ミントグリーンな世界の復活だな！」

龍巳がそう言うと、緑子は照れたように笑った。くるりと向きを変えて、バックバーを背景にシャッター音が響く。

撮影が終わり、緑子が言った。

「そういえば、グラスホッパーってどういう意味なの？」

「ああ、バッタという意味ですよ」

薫が答えると、緑子は「バッタ⁉」と素っ頓狂な声を上げた。そして真面目なバーテンダーはあろうことか、

「グラスホッパーを思いついた理由は実はもうひとつあって、緑子さんの服装を見てバッタを連想したからというのもあります」

と、正直に伝えてしまった。

「お、おまえ……」

「え？　何か変なことを言いましたか？」

「あたし……バッタじゃないから！」

そう言って緑子はあっと言う間にグラスホッパーを飲み干すと、ぷりぷりして店を出て行った。

「ああっ、緑子ちゃーん！」

「やっぱおまえら最悪だな！」

と、桃太が言い、銀郎も一緒にあとを追いかける。

「いったいどうしたのでしょうか」

きょとんとする薫に龍巳は呆れながら「やっぱりおまえ、トークもっと勉強しろ！」と言うのだった。

第三話　NOが言えない女

アパレルメーカーで通販サイトの制作をしている町原香奈《まちはらかな》は「NO」が言えない女だ。

時計が十二時を指し昼休みの時間になったが、香奈はカチャカチャとキーボードを打つ手を止めない。年明けに向けて、福袋とセールを打ち出すページを準備するためだ。

店舗の在庫を調整して通販のセールに回すことになっていたのだが、「忙しい」が口癖の営業から、なかなか情報が降りてこなかった。そのため、締め切りのギリギリになってしまったのだ。香奈の見積もりでは、一時間ほどの残業をすればなんとかなりそうな状況であったが、今日はどうしても残業できない理由があった。だからこの昼休みの一時間を、制作にあてることにしたのである。社内の購買で買ったカロリー摂取のためだけのパックゼリーをくわえて、いざ集中をしようとしたそのときであった。

「香奈〜おっつかれ〜！」

気の抜ける能天気な声がして、肩を叩《たた》かれた。

振り向くとそこにいたのは、同期で営業部の近藤絵里香《こんどうえりか》。ふんわりとした花柄のスカートを翻す彼女の髪は、今日もきれいにくるりと巻かれていた。

「最近どう？　うちはセール前で忙しくってさぁ」

どうと聞かれて、何がどうなのかと戸惑う香奈の返事を待つことなく、絵里香は営業部がいかに大変かを語った。甲高い声で話される愚痴を聞きながら「そのしわ寄せが制作部に来ているのですが」という言葉を飲み込む。

ひととおり話して満足をした絵里香が、香奈が手に持つパックゼリーに気がついた。

「やだ、香奈ってばお昼それだけ？　ダイエットでもしてるの？」

「いや、違うけど」

「もー、香奈は十分痩せてるんだからダイエットなんてする必要ないって！」

なぜか絵里香は言葉どおりに受け取ってくれず、香奈の背中をバシンとはたいた。地味に痛い。

「そーだ！　今からみーたんとゆりりんでランチ行くんだけど、一緒に行かない？」

「えっ」

「新しくできたイタリアンのお店なの！　デザートついて二千円だよ。安くない？」

香奈の感覚では、仕事の合間に食べるランチの値段に二千円は高い。それにわけあって今は金欠なのだ。しかしそれを話せば、きっと金欠の理由を根掘り葉掘り聞かれて面倒くさいことになるだろう。

「へ、へえ。お得だね」

心にもないことを言ってしまい、冷や汗がたらりと背中をつたう。

「でしょう？　だから香奈も一緒に行こっ」

きっと朝から何回も塗り直しているのだろう、この時間になってもまだぴかぴかと光っている唇でニコッと笑う。まるでアイドルのような笑顔だ。もし香奈が男だったら、彼女からこんなふうに笑いかけられたら、ひとたまりもないだろう。

「う、うん……それじゃあ……行こうかな」

震える声で答える。無理に笑ったせいで、朝からリップクリームさえ塗っていないカサカサの唇が、ピリッと痛んだ。

＊　＊　＊

「えーランチは海鮮パスタかチーズリゾットだって！　どっちにする？」

絵里香の弾んだ声に、みーたんとゆりりんこと、奥谷《おくたに》美玲《みれい》と宮越《みやこし》ゆりもメニューを覗き込んだ。香奈はメニューを見てすぐに、具材が豪華そうなパスタに決める。どうせ二千円を払うのなら、コスパのいいほうを食べたかったからだ。

オフィス街にあるこじゃれたイタリアンの店は、香奈たちのような女性だけのグループ連れで満員だった。首に社員証をぶら下げている者も多く、このあたりのビルで働いているのだろう。制作部とはいえ、アパレルブランドで働いている香奈には、彼女たちがとてもいい服を着ているのがわかる。しかもコーディネートはちゃんと今季の流行《はや》りをおさえていて感心してしまった。彼女たちはグルメだけではなくおしゃれにも敏感なのだ。

目の前にいる絵里香、美玲、ゆりもそんな女性たちのひとりとして、この場所に溶け込んでいる。セール品を更に社割で買った去年のカーディガンのほころびが、急に気になった。

「それにしても、こうして同期で集まるのって久しぶりじゃない？」

運ばれてきたリゾットを口に運びながら絵里香が言った。

アパレルメーカー「アドバンス」に入社してもう五年になる。アドバンスは、数多くのアパレルブランドを扱う大手で、香奈以外の三人は営業部の所属だ。絵里香はフェミニン系、美玲はカジュアル系、ゆりはガーリー系と、それぞれが担当ブランドの洋服を見事に着こなしている。

アパレルメーカーなのだから当然だが、会社にいるのは彼女たちのようにおしゃれが大好きという者ばかりだ。それは制作部であっても同じで、香奈のようにホームページのデザインができればいいという希望で入社した者は少なかった。

とはいえファッションに興味がないわけではないし、五年も勤めれば各ブランドに愛着も沸く。せっかく営業部で活躍する彼女たちと食事をするのだから、店舗のセール状況や、春のトレンドなど、サイト作りに役立つ情報が聞ければと思った。しかし絵里香が久しぶりに話したかったことは、仕事のことではなかった。

「で、みんなは最近どうなの？」

またも主語のない質問をされて、香奈が答えられずにいると、美玲とゆりが当たり前のように言った。

「うちは大学のときから付き合ってるからさぁ、なんていうかもうマンネリって感じ？」

「いいじゃない。それって落ち着いてるってことでしょ。私は、もう半年以上彼氏いないからなぁ」

そうだ、絵里香の聞きたい「どう？」とは、いつだって恋愛話のことだったと、香奈は思い出す。

彼女は入社してすぐにあった社内研修のときも「あの社員がかっこいい」「この社員はエリートだ」と、男性社員が出てくるたびに大騒ぎをしていた。そして実際にも、彼女は社内だけにとどまらず多くの浮名を流している恋愛体質だ。

そんな絵里香だが現在はフリーらしく、美玲とゆりが語る平凡な恋愛事情に対して、「わかるぅ〜」と口を尖《とが》らせながらも満足そうにしている。

絵里香にとっての勝負の日であるクリスマスがもうすぐだ。久しぶりの同期でのランチの理由は、そういうことだったのだ。

香奈たちは二十八歳。アラサーと呼ばれる年齢になって、周囲では結婚の二文字を聞くことも多くなってきた。アパレル業界にいると華やかな噂《うわさ》を耳にすることも多い。理想が高く、結婚願望の強い絵里香は少し焦っているのだろう。

いかにも彼女らしいと思いながらも、半年どころか、生まれてこのかたろくに恋愛をしたことのない香奈は、話題を振られないよう気配を消した。しかし絵里香は容赦しない。

「香奈は？　いい人いないの？」

いい人と言われて、スマホを片手につい腰が浮き上がりそうになるが、平静を装ってパスタを巻きながら言った。

「全然。仕事忙しいし、出会いもないから」

「わかるぅ～あたしもこのまえコンパ行ったんだけどさぁ、ろくな男いなくって」

ぱくりとかわいらしくリゾットを食べる。絵里香の言う「出会いがない」と、香奈の言うそれとはまったく意味が違うと思ったが、彼女にとってはどうでもいいことなのだろう。

絵里香は昔から鈍感だ。入社してからずっと、この調子で香奈を興味のない恋愛イベントに誘ってくる。飲み会や合コン、香奈の知らない友達とのバーベキュー、最近はそれに街コンや婚活イベントも加わった。そしてNOが言えない女である香奈はもちろん、そのすべてを断れず付き合う羽目になっている。

最近は頻度が少なくなって安心していたのだが、この様子だと彼女の熱はまた再燃しそうだ。

香奈は気づかれないよう、小さくため息をついた。

それにしても危なかった。いい人と聞かれてつい、あ、あの人のことを熱く語ってしまうところだった。

スマホを鞄《かばん》にしまおうとして、ふと視線を感じて顔を上げる。絵里香がスマホを持つ香奈の手元をじっと見ていた。挙動不審なところを変に思われただろうかと動揺した。

「いやーでもなんか香奈は変わらなくて安心したよ。香奈みたいなタイプって、いきなり結婚しましたー！　とか言ってきそうだもんね」

どういう意味だろう、と思いながら香奈は苦笑いをする。結婚に関して誰も抜け駆けをした者がおらずほっとしたのか、絵里香が満を持して言った。

「あーあ、もーすぐクリスマスだし彼氏欲しーよー。ねえ、香奈も恋したくない？」

同意を求められ、香奈は苦笑いのまま曖昧に頷《うなず》いた。それがまずかった。

「やっぱり？　だよね！　実は香奈に紹介したい人がいて！」

「は？」と、フォークに巻いたパスタをぽろりと落とす。

「人事の村瀬《むらせ》さん、知ってるでしょ？　香奈のこと気に入ってるんだって！」

美玲とゆりが「きゃあ」と歓声を上げた。

「村瀬さんが、私を？」

人事部の村瀬慎一《しんいち》とはこのまえあった会社説明会で知り合ったばかりだ。

香奈はその日、制作部の若手代表として学生たちの前で話をしたのだが（もちろんこれも断れなかったからだ）、彼とは事務的な会話をしたくらいで、とくに気に入られるようなことをした覚えはない。

「そんなわけないよ。だって私、村瀬さんのことよく知らないし」

真顔でそう言うと、絵里香は「本当だって！」と顔を近づけた。

「だって私、本人から頼まれたんだもん。香奈のこと紹介してって。一目惚《ぼ》れなんじゃない？」

それこそありえない。華やかな見た目の女性が多いこの会社で、自分は唯一といっていい地味女子なのだ。いや、ある意味で目立っているのかもしれないが。

「とにかく、一度デートしてあげてよ。ねっ？」

眩《まぶ》しい絵里香のアイドルスマイル。どういう仕組みなのかわからないが、彼女の口紅は食事をしてもとれておらず、さっきと同じようにぴかぴかと輝いている。

そんなふうに笑いかけられて、首を横に振れるわけがなかった。

だって香奈は「ＮＯ」が言えない女なのだから。

＊　＊　＊

「すみません、ビールお願いします」と、若い男女の二人連れが角打《かくう》ちバーのカウンターに座った。

「当店にはサーバーがないため、ビールは店内から好きなものを選んでいただく形になりますがよろしいですか？」

薫《かおる》がそう言うと、どこからともなく背中に龍を背負った男が現れて「こちらへどうぞ～！」と軽いテンションで店内を案内する。

金曜日の夜、五席しかないカウンターは彼らで満席になった。あとは、サブカル好きだという一人飲みの若い男性と、ファッション系の専門学校に通っているという女性の二人組が座っている。

角打ちバーはここ最近、こんな調子で賑《にぎ》わっていた。インフルエンサーのＲＩＣＯこと緑子《みどりこ》がグラスホッパーと自撮りの写真をアップしてくれたことで、少しだけれど話題になったのだ。レトロな内装とミニチュアのようなカウンター、そして角打ちとバーという意外な組み合わせが持つ個性とサブカル感は、インスタグラムのユーザーと相性がよかったらしい。思った以上に、若い客が来店してくれるようになった。

飲み足りない客が帰りにビールやチューハイを買っていってくれることもよくあり、酒屋あかいとしての売り上げも増加して龍巳《たつみ》はご機嫌である。

さっきの若い男女が、缶ビールを手にカウンターへと戻って来た。

薫は「そのまま召し上がっていただいてもよいのですが……」と断ってから、ビールをグラスに注ぐ。

カップルは純白の泡がこんもりと盛り上がる美しい出来栄えに歓声を上げて、二杯目は何かカクテルを頼もうと言ってくれた。

静かに一人飲みをしている男性は、文庫本を片手にアイリッシュコーヒーを飲んでいる。アイリッシュコーヒーとは、アイリッシュ・ウイスキーをベースにコーヒーと生クリーム、砂糖を入れた、寒い夜にぴったりのホットカクテルだ。

若い女の子の二人組が飲んでいるのは、定番カクテルのモスコミュール。ひとくち飲んで、普段の居酒屋で飲んでいるモスコミュールとは全然味が違うと、目を丸くして写真を撮っていた。

「なんだか忙しくなってきたな」

龍巳がカウンターのなかに来て、洗い物を引き取っていく。洗い場は赤井《あかい》家の台所を借りているのだ。店が忙しくなると、龍巳がこうして片づけを手伝ってくれる。

「ありがとうございます」と礼をすると、両手のふさがった龍巳がニッと笑ってそれに応えた。彼との連携プレーも板についてきたように感じる。

思い思いの楽しみ方で賑わうカウンターを見ながら、薫は静かに胸を熱くした。

夜も更けて二十二時を回った頃、角打ちバーのカウンターには誰もいなくなった。

龍巳は「たまった洗濯物を洗いに行く」と近所のコインランドリーに出かけ、薫はひとりで店番をする。

角打ちバーの営業は零時までなのだが、現状は若い客が多いため、店が混み合うのは比較的、早い時間になる。二軒目以降としてバーを利用するような大人の男女は、やはりカジュアルよりオーセンティックなバーを選ぶため、この時間帯は苦戦することが多い。

角打ちバーという独自のスタイルで勝負する小さな店が、彼らのような客層を取り込むにはどうしたらいいだろうか、と薫は考える。

――カクテルには自信があるから、やはり味で勝負するべきか。しかし味をアピールするといってもどうすれば……？

あれこれ思案していると、カラリと戸が開いた。

「いらっしゃいませ」

弾んだ声で迎えると、仕立てのいい華やかなスーツを着た背の高い男性と、フレアスカートのワンピースを着た小柄な女性のカップルが入ってきた。さっき薫が想像していたような、まさしく大人の男女である。

「こんばんは。松《ま》の香《か》のマスターから紹介されてね」

と言って、男性は店内をきょろきょろと見渡しながらスツールに腰掛けた。遠慮がちな様子で女性が続く。マスターが紹介してくれたと聞いてうれしくなった薫は、おしぼりを渡しながら言った。

「実はここ、松の香の支店なんですよ」

「へえ、そうなの。角打ちバーなんだってね。酒屋のなかにあるって聞いて、びっくりしたよ」

「松の香は初めてだったのですか？」

「うん、ネットの口コミを見て行ったんだ。でも満員でね。雰囲気がよかっただけに残念だったよ」

気さくそうな男性は、そう言って大げさにため息をついてみせた。

事前に下調べをして松の香へ行った彼にしてみれば、この店の雰囲気は少し期待外れかもしれない。横にいるおとなしそうな女性は、さっきからずっと恥ずかしそうに下を向いている。その初々《ういうい》しい感じから、まだ付き合いたての関係なのかもしれないな、と薫は思った。

　するとさっきから何度も座り直しをしていた男性が言った。

「……ねぇ、ちょっとこの椅子小さいね」

「申し訳ありません。スペースの問題で、そのサイズになりました」

「まぁ、たしかに狭いしね。カウンターはきれいだけど、店も古臭いしこんなもんか」

　彼は気さくなぶん、思ったことをそのまま口に出すタイプのようだ。事実ではあるので気にはしなかったが、女性は「村瀬さん！」とたしなめた。

「だって俺の脚が長いから仕方がないんだよ」

　と、村瀬はおどけたが、女性は笑っていない。代わりに「すみません」と、気まずそうな顔をして謝ったが「なんで香奈ちゃんが謝るの？」と、不思議そうな顔をしていた。

「いつかリニューアルをしたときは、もっと大きな椅子をご用意しますね」

　と、どちらかといえばお相手の女性のためにフォローをする。村瀬は「そうしてくれるとありがたいよ」と笑い、香奈は再び申し訳なさそうに会釈をした。

「香奈ちゃんはやさしいね。そういうところが好きだよ」

　村瀬はすでに酔っているのか、その甘いマスクをぐっと近づけてストレートに言った。

　しかし香奈はまるで接近を拒否するかのように手のひらで遮って、「そんなことないです」と言った。

薫は「おや」と思う。彼女のその表情が明らかに困惑していたからだ。付き合い立てのカップルだと思ったのは、どうやら勘違いだったようである。

頃合いを見計らって「今日は何を飲まれますか？」と、レディファーストで声をかける。

香奈はバックバーにあるボトルをじっと見てから「バーで飲むお酒には詳しくなくて」とはにかんだ。薫は「かしこまりました」と言って、彼女が安心するようニコリとする。

「普段はどんなお酒を飲まれますか？」

と、酒の好みを聞こうとしたそのときだった。

「ああ、大丈夫。俺に任せてよ。カクテルには詳しいんだ」

と、村瀬の声が割って入った。薫は男性が女性の飲むカクテルを勝手に決めることを好ましく思っていないが、好きな女性の前で格好をつけたいという気持ちも理解できる。

「プロにお任せください」という言葉をぐっと飲みこんで、その場を彼に譲った。龍巳の言葉で言うのなら、男のメンツを立てるというやつだ。

村瀬は訳知り顔でバックバーを見渡してから言った。

「スクリュードライバーをお願いします」

「スクリュードライバーですか」

薫が聞き返したのは、それがレディキラーと呼ばれるカクテルだからである。

レディキラーとは、甘くて飲みやすいがアルコールの強さがわかりにくく、気がついたころには女性がすっかり酔っぱらってしまうようなカクテルを指す俗名だ。

スクリュードライバーに罪はないし、そもそも薫はカクテルをその名前で呼ぶことが嫌いだ。しかし悲しいことに、いまだにそういう卑怯《ひきょう》なやり方で女性を口説き落とそうとする男が存在することもたしかである。ましてや相手の女性は「バーで飲む酒には詳しくない」と言っていた。

試しにもう一度「お客様はそれでよろしいですか？」と香奈に向かって聞くと、村瀬はあからさまにムッとした表情になった。

「いいよね？　香奈ちゃん」

と、強い語気で言われて小さく頷く。

「かしこまりました」

薫はそれ以上何も言わずにグラスを手に取った。

タンブラーにカランと氷を落とし、ウォッカとオレンジジュースを適量注いでステア。鮮やかなオレンジ色が眩しいスクリュードライバーの完成だが――薫はこっそりと女性のほうのカクテルだけ、ウォッカの量を少なくした。

「どうぞ、スクリュードライバーです」

念願のカクテルを前にして機嫌を直したのか、村瀬は満面の笑みでグラスを手に取る。そして香奈のほうに自らグラスを近づけると、カチンと音を立てて言った。

「君との素敵な夜に乾杯」

薫は卒倒しそうになる。歯の浮く台詞はひとまず置いて、バーで乾杯はご法度《はっと》だ。

バーで使っているグラスは薄く繊細なものがほとんどなので、音がするほどぶつけると、それだけで割れたり欠けてしまったりすることがあるのである。「カクテルに詳しい」と、慣れていることを自称するのであれば、そのくらいは知っているはずで、それでも乾杯と口にするときは、グラスを持ちあげて目だけを合わせるのが知っている者のやり方である。

香奈のほうは、甘い台詞のダメージがよほど大きかったらしく、目にみえて顔を引きつらせていた。

それで確信する。どうやらこのカップルは両想いではなく、男性のほうが一方的に想いを募らせて口説いている状態のようだ。そして女性はその好意を迷惑に思っている。その証拠に、入店したときからそわそわとスマホの画面を見ていた。時間を気にしているのだろう。

「うん、すごく飲みやすいね」

まるで相手に言い聞かせるかのように村瀬は言った。そして、これは軽いカクテルですと言わんばかりに、ごくごくと喉を鳴らして見せる。

「はい、すごくおいしいです」

と言いながらも、香奈はちびちびと舐《な》めるように飲んでいた。そしてまた、スマホを見る。その仕草に気づいた村瀬が、その手首を取った。

「ひっ」と、驚いて香奈が顔を上げる。

「ねぇ、さっきからなんでスマホ気にしてるの？　俺といるのつまらない？」

「べ、別にそういうわけじゃ。あの、私、そろそろ」

「まだ終電までだいぶ時間あるよ」

「終電って、そんなに遅くまではいられません」

村瀬の手から逃れようとするが力で敵わず、強引に手を握られてしまう。

「ちょ、ちょっと、やだ！」

「どうして？　俺、香奈ちゃんのこと――」

と、村瀬が迫ろうとしたそのとき「ダンッ！」と大きな音を立て、カウンターに二リットルのミネラルウォーターが置かれた。

「は？　なんだよこれ」

「チェイサーです。お客様は酔っていらっしゃるようなので、少し頭をお冷やしいただいたほうがよろしいかと」

「どういう意味だよ⁉」

「落ち着いてください。お相手の方が嫌がっています」

と、やんわりとした口調で伝える。

「なんだよ、客に口出しをするのか？　バーテンなんてのはな、黙って酒を作ってりゃいいんだ。大したバーでもあるまいし」

「いいえ、バーテンダーの仕事は、ただお酒を作るだけではありません。すべてのお客様が特別な時間を過ごせるよう配慮し気配りを――」

「あー、わかった、わかった。要するにここは、客に説教をする厄介な店ってことだな。まったく、興ざめしたよ」

村瀬はそう言って、大げさに脚を組み替えた。そのときである。彼の脚がカウンターにぶつかり、その拍子にグラスが床に落ちてしまった。

パリン、と繊細な音がして、グラスは粉々になる。

「お、俺のせいじゃないからな！ この店が狭いから！」

と、村瀬は顔を真っ赤にして言い訳をした。理由はどうあれ、グラスが割れてお客様を危ない目に遭わせてしまったことは事実である。

「申し訳ありませんでした」

薫が謝ると、村瀬はニヤリと不敵に笑った。

「まぁ、いいよ。俺は寛大だからな。ただ……ズボンに酒がかかって裾が濡《ぬ》れてしまったみたいでね。これ、ブランドもので高いんだよなぁ〜」

その言葉で薫は我に返り、しまったと思う。

いくら正義感からしたこととはいえ、結果的に彼のスーツを汚してしまったこと、そしてグラスの破片でケガをしてしまうかもしれない状況を作り出してしまったことは、明らかにこちらの落ち度だ。

薫は唇を嚙み締めながら、「申し訳ありません。クリーニング代をお支払いいたします」と、深く頭を下げ、清潔なタオルを手にカウンターを出た。

そして村瀬の足元にかがんで、汚れてしまったという箇所を探した、そのときである。

「ういーっす。遅くなって悪かったな。乾燥機の中にパンツ忘れちまってさ。慌てて取りに行ったら、知らねえおっさんが俺のパンツ広げてて――」

緊迫とした空気の店内に、パンツという間抜けな言葉が割り込んできた。顔を上げると、大量の洗濯物が入った白い袋をかついだ元ヤンの愉快なサンタクロースがそこにいた。

「なんだよ、おまえ何してんだ？」

龍巳は薫にではなく、男に睨《にら》みをきかせながら言った。

何者かはわからないが、突然に現れたいかにもヤンチャそうなツーブロックのスカジャンを見て男は焦る。

「こ、この失礼なバーテンダーが、客に恥をかかせたんだよ。挙句の果てに、俺のスーツを汚しやがったんだ！」

龍巳は「ふうん」と言って、あらためて状況を見た。

まず、あの薫がグラスを落とすようなへまをすることはあり得ない。男は薫に恥をかかされたと言っているが、そばにいる女は、ずいぶんと怯《おび》えた顔をしている。

龍巳の目つきが変わった。赤羽のレッドドラゴンが持つ野性的な勘が、いま目の前で起きている状況を瞬時に把握させたのだ。

「それは申し訳なかったな。俺はこの店の店主だから、いわば責任者だ。詳しい話、聞かせてくれよ」

龍巳の迫力に男はたじろいだ。

そもそも彼が薫に対して強気の姿勢を取ったのは、端的に言って弱そうだからである。背は小さく体型は華奢《きゃしゃ》で、あきらかな年下。さっき松の香で見たマスターのような貫禄もない。要は「勝てる」と、そう思ったのだ。

そういうふうに人を見る男だからこそ、目に見えて強そうな龍巳とこれ以上関わることは得策ではないと、そう判断する。

「もういいよ。こんな店、二度と来ないから。クリーニング代は負けておいてやるから感謝するんだな」

「そりゃあどうも。しかし俺が見たところ、スーツの裾、濡れてねえみたいだけどな」

捨て台詞を吐いたつもりが言い返されてしまい、男はぐぬぬと声を漏らした。

「行こう、香奈ちゃん」

村瀬は手を取ったが、香奈はそれを振り払う。

「わ、私、このあと用事があって」

「えっ？　何言ってるの？　さっき遅くまでいられないって言ったよね？　俺、家まで送るから」

「結構です！　さ、さっき連絡があって、友達とここで待ち合わせになったので」

そんなはずはなく、さすがの男も断り文句だと気づいたようだ。顔を真っ赤にして「あっそう」と、大股で店を出て行った。

＊　＊　＊

「差し出がましいことをして申し訳ありませんでした」

　薫はそう言って、グラスに注いだ常温の水をコトリと置いた。

「いえ、助かりました。ありがとうございました」

　町原香奈と名乗った女性は、水をひとくち飲んで頭を下げた。

「もし今後、あの人がまた何かを言ってくることがあったら、ここに連絡をしてください」

　渡された名刺を見る。

「株式会社アドバンス――アパレルの大手ですね」

　薫が言うと香奈は「私は制作部なんで、倍率が低かったんです」と謙遜した。かたわらで割れたグラスの掃除をしていた龍巳が声を上げる。

「大手だかなんだか知らねえけどよ。あの態度はねえんじゃねーのか」

「本当にすみませんでした！」

　香奈が弾《はじ》かれたように立ち上がり、また頭を下げる。

「あんたに言ってんじゃねーよ。つか、なんであんな男と付き合ってんだ⁉」

　ドスの効いた声に肩がびくりと上がり、香奈は臆病なうさぎのように怯えた目をして

「っ、付き合ってなんかないです……」と、か細い声で答えた。

「お客様をおどかさないでください」

「おどかしてねえよ！　これが普通の喋《しゃべ》り方だ！　俺はな、こういう卑怯な手で女を口説こうとするやつが一番嫌いなんだよ！」

「それについては同感ですが」

薫からいきさつを聞いてから、龍巳はずっと苛立《いらだ》っていた。ほうきとちりとりを手に腰を曲げ、「あーっ、このガラス細かくてなかなか取れねえ！」と、むしゃくしゃしたように叫ぶ。そして行き場のないストレスを、よりによって本人にぶつけてしまった。

「あんたもよ、嫌ならさっさと断ればいいだろ！」

その言葉に、香奈の眉尻がぴくりと動いた。

「し、仕方がないじゃないですか！　仲のいい同僚に紹介されたんです。それにあの人は、人事の上役だし……そ、そういう付き合いってあるでしょう？」

「はぁ？　んなもん関係ねえ。嫌なもんは嫌で、それだけの話だろ？」

「それは……」

そのとおりで二の句が継げなくなる。

「いちいち気ぃ遣って全部に付き合ってたら、自分ってもんがなくなっちまうぜ。あんたの人生だろ？　好きに生きろよ」

香奈はぐっと押し黙った。薫が慌てて制する。

「お客様になんて口の利き方をするのですか！」

「俺はこいつのためを思って言ってんだ！」

「こ、こいつって！　お客様、こんな人の言うことは気になさらないでくださいね」

「ああ？　おまえどっちの味方なんだ⁉」

「味方とか敵とか今はそういう話じゃないでしょう？　これだからヤンキーは！」

「ヤンキー⁉」

香奈が小さく悲鳴を上げる。

「ヤンキーじゃねえ！　元ヤンキーだ！」

「同じようなものでしょう⁉」

「同じじゃねえ！　バイクと原付くらいちげえよ！」

「どちらも原動機付自転車ですよ！」

真面目そうなバーテンダーと、この店の責任者だと言う元ヤンキーのスカジャンは、香奈のことなどすっかり忘れてしまったように、カウンターを挟んで言い合いを始めた。

さっきスカジャンに言われた言葉は、そのとおりだ。そんなことは自分でもわかっている。でも――。

香奈が勢いよく立ち上がった。

「……だって……ですか」

か細い声で何か言っている彼女のグラスを持つ手が小刻みに震えている。

そして手に持っているグラスはいつの間にか、水からスクリュードライバーに変わっていた。

「なんだって？　聞こえねーよ」

龍巳が凄《すご》むと、香奈は突然スクリュードライバーをごくごくと一気に飲みだした。

「……えっ？」

「お、お客様⁉」

ほとんど残っていたオレンジの液体は、あっと言う間になくなり、香奈はまるでジョッキのビールを飲んだときのように「ぷはあっ」と息を吐き出す。そして飲み終わったグラスを、小指を添えて丁寧にそっと置いてから言った。

「だって断れないんだから仕方がないじゃないですか！」

おとなしそうに見えた女性が急にものすごい剣幕で声を上げ、さすがの龍巳もとっさに言葉が出なかった。

「私だって……」

と、香奈はうつむき何かを言いかけたが、そのときである。カウンターに置いていたスマホの通知音が短く鳴った。ハッと顔を上げて言う。

「イベントが終わっちゃう！」

イベント？　と、薫と龍巳の声が揃《そろ》った。光の速さでロックを解き、画面を横にして操作する。香奈が開いたのは、ソーシャルゲームのアプリだった。

＊　＊　＊

角打ちバーの二人には目もくれず、カウンターにスマホを置いてしばらく熱心に操作していた香奈は、突然「やったー！　限定アイテムドロップした！」と声を上げ、両手を上げて立ち上がった。そこでカウンター越しに薫と目が合ってガタンと体を引く。そのあとで、いつの間にか横に腰掛けて頬杖《ほおづえ》をつき、こちらを見ていた龍巳に気づいて「ひっ」と声を上げた。

龍巳がニヤリと笑う。すると香奈はとたんに小さくなり、するすると体を滑らすようにしてスツールに収まった。

「お、お騒がせしました……」

さっきまでの迫力が嘘《うそ》のように、またしおらしくなったのを見て、龍巳が笑う。

「あんた、おもしれえな！　いまやってたのって、スマホゲームだろ？　たしかなんとか男子っていう……」

「家紋男子です!!　知ってるんですか!?」

「前に、緑茶のペットボトルにオマケがついてるキャンペーンがあったろ。あんとき、あんたみたいな若い子がうちにも来たんだ。コンビニは全滅だったとか言っててな」

「そのオマケ、これですっ！」

香奈はスマホについている家紋のストラップを見せた。

「このストラップ、ランダムだったんですよ。だから私も推しの家紋が出るまでコンビニ十軒はしごしました」

「十軒⁉ すげえな。うちに来てくれりゃよかったのに」

薫はストラップをじっと見て言った。

「木瓜紋《もっこうもん》――織田《おだ》家の家紋ですね」

「そうですっ！ バーテンダーさんも、もしかして織田木瓜推しですか？」

「推し……？ すみません、私はゲームのことはわからないのですが」

「これが私の推しの織田木瓜です！」

そう言ってストラップの家紋をくるりと裏返して見せる。そこには黒髪をワイルドに束ねて、裏地が赤色の大きな黒マントをまとった、西洋風甲冑《かっちゅう》のイケメンキャラクターが描かれていた。

香奈がハマっている「家紋男子」は、いま女性たちを中心に大人気のソーシャルゲームである。擬人化されたイケメンの家紋たちが現代によみがえり、その家紋を受け継ぐ子孫である主人公が、当主兼プロデューサーとなってアイドルを目指すという内容で、キャラクターたちが歌うＣＤの発売やライブ、舞台化など様々なメディアミックスもされている。

この前なんとしても残業を回避したかった理由もこれで、その日は家紋男子の新舞台に関する情報を発表する生配信があったからだ。

「年末年始は忙しいんですよね。週明けからはクリスマスイベントなんですよ！　限定サンタコスのスチル、絶対ゲットしないと！」

香奈は鼻息荒く語ったが、家紋がイケメンでアイドルになり、クリスマスにはサンタクロースの格好をするという状況が、薫にはまったく理解できなかった。ただ、楽しそうに語る彼女の瞳はキラキラと輝いていて、そのゲームを好きだという気持ちはじゅうぶんに伝わってくる。

「年明けには初詣イベント、それにライブと舞台もあるんです！」

初詣はゲーム内のイベント、ライブと舞台は実際の会場で行われるもので、なおかつライブはキャラクターの声優が行い、舞台は若手俳優がキャラクターに扮《ふん》して行うものなのだが、そんなことは知る由もない薫は「織田木瓜さん、お忙しそうですね」と、しみじみ言った。

「それ、全部行くのか？」と龍巳が聞くと、香奈は「もちろんです！」と胸を張る。

「あっ、初詣はゲームのイベントなので行けませんけど。でも当主Pとして気持ちは一緒に行ってますから！　私、家紋男子に関わるすべてのコンテンツを愛しているんです！　毎日忙しいし金欠だけど、すっごく幸せ！　だから――」

香奈は、マントを翻して笑っているキャラクターの顔をそっと撫《な》ぜて言った。

「恋愛なんてしてる暇、ないんです。ううん、別にしたくない」

目を伏せて空になったグラスを見つめる。

それでは尚更どうしてあんな男——と思いながらも、大会社という組織の中で働いた経験のある薫は、彼女がさっきあの男を上役だと言っていたのを思い出し、断れない事情があったのだろうと察する。

「……もしよければ、何かもう一杯飲まれますか?」

「それじゃあスクリュードライバーをもう一杯ください」

「かしこまりました。ただひとつだけ確認をさせてください。さっきお客様が飲まれたものは——」

「わかってます。バーテンダーさん、あのお酒、薄く作ってくれていましたよね」

「気づいていらっしゃったのですか」

「私、本当はお酒強いんです。ただあの人とは飲みたくなくて、だからお酒には詳しくないって嘘ついちゃいました。そしたらまさかレディキラーを頼むとは思わなかったけど」

「それではあらためて、スクリュードライバーをお作りいたします。今度はレシピどおりに」

薫が新しいグラスを用意すると龍巳が言った。

「なぁ、俺にも同じやつもらっていいか」

「構いませんが珍しいですね」

「俺の仕事はもう閉店したからよ。なぁ、一緒にやってもいいかい?」

そう聞かれて、香奈が思わず頷いてしまったのは、彼が思いのほか人懐っこい目をしていたからだ。垂れ目の大型犬に、無理やりマジックできりりとした眉毛を描いたような、そんな印象である。さっきは元ヤンキーと聞いて驚いたが、少なくとも服装や見た目とは違い、怖い人ではないのだろうと、そう思った。

「仕事と言えば、スクリュードライバーは灼熱《しゃくねつ》の油田で働くアメリカ人の作業員たちがウォッカとオレンジジュースをねじ回し——つまりドライバーで混ぜ合わせたことから生まれたといわれているカクテルなんですよ」

「へえ、知らなかった！」

薫は話をしながらもぶれない流麗な動きで、あっという間に二杯分の酒を作る。

「そんなワイルドなカクテルですから、仕事終わりの一杯には最適です。どうぞ」

鮮やかなオレンジ色が差し出される。仕事という言葉には、もうひとつ意味を含ませていた。社内のしがらみで会いたくもない男と過ごしたさっきの時間は、香奈にとってはいわば仕事のようなもの、という意味だ。

「ありがとうございます」と言って、香奈はスクリュードライバーを口にした。オレンジのフルーティーな香りと、キレのあるウォッカのアルコール感が胃袋に染みわたる。

「うん！　さっきのも飲みやすくておいしかったけど、こっちのほうがやっぱりカクテルって感じ！」

と、香奈が笑った。

「なぁ。ひとつ気になってることがあるんだけど、聞いてもいいか？」

龍巳に聞かれて頷く。

「会社員は上司の誘いを断れないってのは、まぁ、わかったよ。ただ、その男を紹介したのは、あんたと仲のいい同僚だったんだよな？　だったら、その時点で断ったらよかったんじゃねえのか？　だってあんたは恋愛に興味がなくて、それよりも大切なやつがいるんだろ？」

龍巳が織田木瓜のストラップを見やる。

酔いのせいもあったかもしれない。それと、愛する推しのことを「大切なやつ」と言ってくれたことがうれしくて。香奈は柄にもなく、自分のことを語り出した。

「私――どうしてもNOが言えないんです」

香奈が断れない女になったのは、さかのぼれば小学生のころだ。

外で遊ぶよりは家の中で絵を描いたり本を読んでいるほうが好きという、おとなしい子どもだった。

ある日、学級委員を決めるためのホームルームが開かれた。勉強はそこそこでスポーツでも目立つことはなく、ましてや人気者でもない自分には関係のないことだと空想に耽っていた香奈は、急に名前を呼ばれて驚いた。

「真面目な香奈ちゃんがいいと思います！」

名前を出したのは、特に仲がいいというわけでもないクラスで目立つタイプの女子だった。どうやらいつも机に向かっていることで秀才と勘違いされ、学級委員に推薦されてしまったようである。立候補は誰もおらず、女子で名前が挙がっているのは香奈ひとり。

「町原さん、どう？　やってくれるかな？」

担任の教師がやさしい声で問いかけ、クラス全員の目がこちらを向いた。人前に出るのは苦手だし、とても学級委員をやるような器ではない。すぐに断ろうと思ったのだが、なぜか声が出なかった。

自分のほうを振り向いたクラスメートたちが口々に言う。「香奈ちゃんならできるよ！」「学級委員に向いてるよね」——と。長引くホームルームに嫌気がさしたのだろう、苛立つ男子の声で「早く決めろよな」という声も漏れ聞こえて、肩がビクッとなった。

やりたくない。でも、もし断ったらどうなるのだろう——。

推薦してくれた女子はもちろん、クラスメートたちもがっかりするに違いない。このことがきっかけでもし仲間はずれにでもなったら？　不安なことばかりが脳裏をよぎり、背中は冷や汗でびっしょりになる。

するとクラスメートたちの目が途端に「断るな」と言っているように見えて、だから香奈は頷いてしまった。

「はい、やります」

その言葉を聞いて、先生もクラスメートも笑顔で拍手をした。心とは反対のことを言ったのに、その笑顔を見て香奈は心からほっとしたのだ。

自分が言った言葉のせいで場の空気が冷めたり、周囲の人間から笑顔が消えることが何よりも怖い。

それは意に沿わない意見を言うたびに自分を厳しく叱責《しっせき》した母親のせいなのか、それとも生まれつきの自分の性質《たち》なのか。今でも答えはわからないが、香奈に活動的な子どもであることを常に望んでいた母親が、娘が学級委員に選ばれたことを心から喜んでいたことだけは覚えている。

自分の気持ちより、他人が笑ってくれるかどうかが、ずっとずっと大切だった。

社会人になってその性格が変わるはずもなく、だから長い付き合いである絵里香の、村瀬を紹介したいという頼みも断れなかった。

「絵里香は恋愛体質で結婚願望も強いから。これはよかれと思ってしてくれたことなんです。それに村瀬さんは人事の上役だから、下手に私が断って、彼女に迷惑を掛けたらいけないって思いました。だから断れなかった――」

香奈は本当に酒に強いようで、話しながらすいすいとスクリュードライバーを飲み干してしまった。あるいは酒の力を借りなければ話せないことだったのかもしれない。

まだ半分くらい酒が残っている龍巳が、氷を鳴らしながら言った。

「理由はわかった。けどよ、その村瀬って男がまたあんたに言い寄ってきたらどうすんだ？」

「まさか、ここまでされてそんなこと……」

「ここまでされたからだよ。そいつは下手に断ったら迷惑を掛けるかもしれないような男なんだろ。それが男としてメンツを潰されたんだ。このまま引き下がるとは思えねえよ」

たしかに香奈は、さっき頭を下げるだけではなく、何かあったときのためにと薫に名刺を渡した。それはきっと、村瀬がそういう男だということを肌で感じたからなのだろう。

「あんたにより執着することだってあり得る。そのときあんたはＮＯが言えんのか？」

龍巳の言っている可能性は大いにあった。なぜなら村瀬は、最初から香奈をバカにしていたから。絵里香たちのように華やかな営業部の女性を差し置いて、自分なんかに声を掛けた理由はわかっている。見た目が地味でおとなしく仕事への野心が感じられない女は、村瀬のようなタイプにとって「お嫁さん」候補として最適だからだ。

絶対に落とせると思ったはずの女に振られたという現実を、あの男が認めるとはとても思えない。すると嫌な予感が的中したかのようにスマホが着信した。

震える手で画面を開いた香奈が「ひっ」と小さな悲鳴を上げる。

「む、村瀬さんからです」

「なんて書いてあった？」

「今日はひどい店に連れて行ってしまってごめんね。友達とは無事に会えたかな？　お詫《わ》びに今度はフレンチのお店を予約したよ……」

読み上げながら、香奈の声はどんどんと弱々しくなっていった。

「は？　ポジティブかよ！　こんなやつ返事する価値もねえ。ブロックだ、ブロック！」

「そ、そんなことできませんよ！　会社で顔を合わせることもあるのに」

「じゃあ断れよ。ＬＩＮＥならさすがに断りやすいだろ」

「でも一応、絵里香にも連絡をしないと……あっ、絵里香からＬＩＮＥだ。『村瀬さんとのデートどうだった？』だって。どうしよう……」

「そんなのそのまま伝えろよ。おまえが紹介した男、マジ最低だったって」

「言えるわけないじゃないですか！」

香奈は今にも泣き出しそうな顔でスマホを両手で持ち顔を伏せた。いくら酒を酌《く》み交わしても、この正反対の二人の距離は絶対に縮まらないだろう。薫は少し考えてから、頭を抱えている香奈に声を掛けた。

「お客様、もう一杯お酒を楽しむ余裕はございますか？」

「……今夜はもう何もかも忘れて酔い潰れてしまいたいです」

「潰れてしまうのは困りますが、最後に飲んでいただきたいカクテルがあるのです」

彼女の「ぜひ」という言葉を聞いて、薫は材料を準備した。

ドライジンとパルフェタムール、そしてレモンジュース。パルフェタムールはスミレの花の色と香りを写し取ったといわれる酒で、吸い込まれるような美しい紫色をしたリキュールだ。

材料と氷を入れてシェイクし、カクテルグラスに注ぐと、ニオイスミレの豊かな香りがふわりと舞い上がった。

「ブルームーンです。どうぞ」

差し出されたのは淡い薄紫色のカクテル。そのロマンティックな色とネーミングに、香奈の声が思わず弾んだ。

「わぁ……まるで夢みたいに綺麗です」

ゆっくりとひとくち飲んでみる。すると口の中がスミレの甘い花の香りで満たされて。

香奈はうっとりと目を細めた。

「すごくおいしいです」

「ありがとうございます。このカクテルはその名のとおり神秘的な月をイメージしたカクテルです。ブルームーンの定義はいくつかありますが、一般的なものとしては青く見える満月。それと数年に一度あるという、ひと月に二度満月が訪れる珍しい現象のことをいいます」

「ブルームーンを見ると幸せになれる、なんてよく言いますよね」

「そうですね。現在では、ブルームーンは滅多にないこととして幸運の象徴とされています。しかしカクテルのブルームーンには、違った意味があるのです。それは――お断り」

「お断り?」

香奈の心臓がドキリと鳴った。

「はい。ブルームーンは滅多にない稀《まれ》な現象ですから、そんなことはあり得ないという意味合いも持っています。カクテルのブルームーンには『できない相談』という意味があり、バーで口説いている最中の女性がもしブルームーンを頼んだら、それは暗にお断りだと言っているということになるのです」

「断る勇気がない私のためにこのカクテルを？」

薫は小さく頷いた。

「もしまたあの方の強引な誘いを断れず、どこかのバーに連れて行かれてしまったときは、ブルームーンをお試しください」

「……ありがとうございます」

香奈は礼を言って、ブルームーンを口に含む。まろやかで誘惑的な甘さのカクテルは、しっかりとアルコールも強く最後の一杯にはふさわしい。薫が話してくれたカクテルにまつわるエピソードも、今の自分にはぴったりのものだ。しかし――。

香奈は浮かない顔のままで、それを見た龍巳が言った。

「なぁ、たしかにその断り方は粋だけどよ。そんな回りくどい断り方であの男が気づくと思うか？」

自分の気持ちを代弁してくれた言葉を元ヤンキーから聞いて、香奈は目を見張る。

「つか、たいていの男が気づかねぇと思うぜ。むしろ幸せの象徴だってんで、ＯＫだと思うだろうよ」

「そのとおりです。ひと昔前ならいざ知らず、今それをしても断り文句だと気づくような男性は少ないでしょう」

薫はこともなげに言った。

「ならどうしてこのカクテルを出したんだよ！」

「結局はハッキリ言わなければ伝わらないということです」

「いや、それ俺が最初に言ったやつだよな⁉」

「あなたの言い方は乱暴すぎます。言葉とはいつ誰がどう言うかであって、ただ思ったことを口にすればいいというものではないのですよ」

「悪かったな！　同じことをシャレた感じで言いやがって！」

「べ、別にシャレた感じで言ったわけではありません！」

二人のやりとりを見て思わず吹き出してしまった香奈は、揺れる薄紫色の液体を見つめながら呟《つぶや》いた。

「NOはハッキリ言わなければ伝わらない……そうですよね……」

そしておもむろにスマホを手に取り、ゆっくりとメッセージを打ち込んだ。

「おっ、あの男の誘い断るのか」

「いえ、あの人のことなんてどうでもいいんです。私が言わなきゃいけない相手は――」

＊　＊　＊

週明けの月曜日、香奈は絵里香をランチに誘った。場所は、千円以下でリーズナブルなランチが楽しめる定食屋である。

「香奈が誘ってくれるなんて珍しいね！」

と絵里香は笑顔で言いながらも、「発売したばかりなの」だという今季のフレアスカートを気にしながら、年季の入った椅子に腰掛ける。唯一のヘルシーなメニューであるサラダうどんを迷わず注文した絵里香は、わくわくした様子で聞いた。

「それで村瀬さんとはどーだった？　今日はそのこと話してくれるんでしょ？」

香奈は小さく頷いて、にこりと笑った。

「あの人、最低だったよ」

「えっ、嘘？」

「嘘って、絵里香も村瀬さんのことよく知らないでしょう？」

「うん、まぁ。でもかっこいいし仕事できるみたいだし、いい人かなって」

そう、絵里香はまずはそういうノリで男性を選ぶ。だから村瀬を香奈に紹介したことに他意はない。彼女はただ村瀬から、香奈を紹介してほしいと頼まれた。そして「恋したくない？」という言葉に頷いた同僚に、親切心から話を持っていっただけなのだ。

店内は混み合っていて、汗をかいたコップの水をひとくち飲み、深呼吸をする。

「ごめんね、絵里香。私、ずっと絵里香に話を合わせていたんだけど、本当は恋愛に興味がないの。だからもう、こういう紹介はやめてくれないかな？」

NOをハッキリ言わなければいけない相手、それは絵里香だった。

彼女は知り合った頃からずっと、何かにつけては香奈を恋愛関連のイベントに誘った。それはこちらの気持ちを無視した強引なもので、でも、それは当然のことだった。

だって自分は一度もそれを断らなかったのだから——。

定食屋はスピードが売りで、料理はすぐに運ばれてきた。絵里香のサラダうどん、そして香奈の前には山盛りの唐揚げ定食が置かれる。ざっと数えて七個はあるだろう。これで七八〇円は安すぎる。

絵里香は小刻みに体を震わせながら言った。

「なにそれ」

怒りを含んだかのような低い声に肩をすくめる。

香奈が絵里香にNOが言えなかった理由、それは彼女がこの会社でたったひとりの友達だからだ。

絵里香が自分に笑いかけてくれるのがうれしくて、だから彼女が喜ぶようにいつも話を合わせ、気の乗らない誘いにもすべて頷いた。

彼女を失うのが怖かった。

自分の発言のせいで、絵里香から笑顔が消える瞬間を見るのが、何よりも怖かったのだ。しかし友達を失いたくなくて嘘をつくような自分の卑屈な考え方を、きっと彼女は理解しないだろう。

これで絵里香との関係も終わりだと、香奈はぎゅっと目を閉じた。そのときである。

「もー！　そういうことは早く言ってよね〜」

絵里香の素っ頓狂な声が、騒がしい店内に響き渡った。「えっ」と顔を上げると、目の前には、あっけらかんとした絵里香の笑顔があった。

「怒らないの……？」

「どうして怒るの？　それよりその唐揚げ、ちょーウケるんだけど」

そう言って絵里香は、もう我慢できないといったように吹き出してから笑い出す。それはマスカラが滲《にじ》んでしまうのではないかと心配になるくらいの大笑いだった。

「いくらなんでも盛り過ぎだから！　ねー写真撮ってもいい？」

戸惑いながら頷くと、絶妙な角度にスマホを構えてシャッター音を鳴らした。

「見てこれ！　ウケるよね？」

絵里香はまだおかしくてたまらないようで、ふふっと息を漏らして写真を見せた。定食屋の唐揚げも、絵里香の手にかかればなんだかオシャレに見える。

「うん、ほんと、ウケる」

その写真と、あのときと何も変わらない絵里香の笑顔を見て、目頭がツンと痛んだ。

そうだ、思い出した。彼女はこういう女の子だった。

あれはアドバンスに入社したばかりのころ、新入社員の合同研修に参加した香奈は孤立していた。アパレル業界は服装や髪型の規制がゆるく、同世代とは思えない垢抜《あかぬ》けた見た目の社員ばかりで、気後れをしてしまったのだ。

ある日、自由なグループを作って好きなブランドの商品アピールをするという課題が行われた。通販部門の制作として採用された香奈と違って、周囲はおしゃれが大好きで流行に敏感な者ばかりである。彼らはコミュニケーション能力にも長《た》けており、あっという間にいくつかのグループができてしまった。まごまごしていると監督の先輩社員にギロリと睨まれ、思わず泣き出しそうな気持ちになったそのとき、目の前でふんわりとした巻き髪が揺れた。

「ひとりなの？　うちのグループで一緒にやろうよ」

目の前でにっこりと笑ったかわいらしい女の子。それが絵里香だった。

最新のファッションに身を包み、ばっちりと、しかし嫌味のない控えめを装ったメイクをした彼女は、香奈が今まで接したことのないタイプだった。遠巻きに見ているグループのメンバーは、そんな彼女に似つかわしい華やかな者たちばかりである。

自分なんかが、あのグループに入っていいのだろうか。戸惑っていると、絵里香は強引に香奈の手を引いて言った。

「ほら、行こう！　制作の子が来てくれたら、私たちのチーム最強だよ！」

ピンクのアイシャドウがきらめく。

その笑顔で魔法にかけられたように、香奈は気づけば頷いていたのだ。


サラダうどんをちゅるちゅるとすすりながら、絵里香が言った。

「香奈、ごめんね。私、そんなこと知らなくて。コンパも街コンも嫌だったよね。村瀬さんのことも、前に香奈が年上好きって言ってたから、ぴったりだなって思ったんだ」

「そんなことまで覚えていてくれたんだね……」

胸がぎゅっとなる。それは絵里香の恋バナについていくため、適当に言ってしまったことだった。

「私のほうこそごめん。絵里香の言うとおり、コンパも街コンも興味なかった。でもそれは、言わなかった私が悪いから。それからもうひとつ、絵里香に言えなかったことがあるの。私ね……本当は彼が好きなの。今は彼のことしか考えられない」

香奈がおもむろにスマホを差し出すと、絵里香は「えっ、もしかして彼氏⁉」と目を輝かせた。

「家紋男子の織田木瓜さんです」

しかし画面に映っていたのは二次元のキャラクター画像で、絵里香の目は点になる。

「へっ？　なにこれ」

「スマホゲームのキャラクターなんだ。私、彼のことが好きなの。だから今は現実の恋愛には興味がなくて」

絵里香が黙って画面をスクロールするのを見て、顔が熱くなる。

笑われるだろうか、いや、それでもいい。もう彼女に嘘をつくことなく、ありのままの自分で向き合いたかった。

一通り画像を見終わった絵里香は、思いがけないことを言った。

「香奈がつけてるストラップって、この人のやつだったんだね！」

「えっ、気づいてたの⁉」

「うん！　いっつも気になってたから視線送ってたのに、香奈ってば教えてくれないんだもん！」

そう言って口を尖《とが》らせる。まさか彼女がいつも自分のことを気にしてくれていたなんて。

うどんをすすってもぴかぴかの唇で、絵里香が言った。

「そっか、そっか。織田木瓜さん、かっこいいね！」

あのとき笑いかけてくれた笑顔の彼女がそこにいた。

おしゃれが大好きな恋愛体質の絵里香と、地味なオタクの自分。二人はまったく似ていないし、話だって合わない。

でも――だからこそ、唯一の友達なんだ。

香奈は角打ちバーで飲んだブルームーンのことを思い出す。ロマンチストの絵里香なら、きっとあのカクテルを気に入るだろう。

今度はお断りの意味じゃなく、こんなに素敵な友達ができたという滅多にない幸運に。

彼女と二人でグラスを傾けようと、そう思った。

第四話　父と息子

「なんだ！　そのふざけた髪の色は！」

プレハブの小さな事務所に、桐沢藤吉《きりさわとうきち》の怒鳴り声が響き渡った。

よく日焼けした顔の口元と顎には黒い髭《ひげ》を生やし、頭にはねじり鉢巻きという独特のスタイル。

「桐沢造園」のカミナリ親父と言われる親方の、まさに雷が落ちたような大声に、ビリリと空気が震える。何度聞いても慣れないその恐ろしさに、その場にいる職人たちは、思わず肩をすくめた。

しかし雷の一撃を受けた当の本人である茶髪の若者は少しも動じることなく、不満そうな表情で仏頂面をしている。

「何度も言ったろ⁉　いい職人ってのはなぁ、まず身だしなみが大事なんだ。庭師は庭を飾るのが仕事！　それをテメーがチャラチャラしてどうすんだよ⁉」

一番の年長者でベテランの佐々《さ さ》秀郎《ひでろう》、通称ささ爺が「うん、うん」と深く頷《うなず》いた。

「チャラチャラって！　ちょっと茶色くしただけだろ⁉」

負けじと言い返したのは、栗色《くりいろ》に染めた髪を外ハネにして遊ばせた髪型をした今風の少年。憂いを帯びた奥二重の瞳が、キッと吊《つ》り上がった。その表情が、向かい合っている藤吉とよく似ている。

彼は桐沢光樹《こうき》、カミナリ親父の息子だ。

「跡取りのおまえがそれじゃあ、他のやつらに示しがつかんだろう！」

「なんで俺が他のやつのことまで考えねえといけねえんだよ！　つか、もうみんな爺さんだし！」

光樹はイライラした様子で声を上げると、きれいにセットした髪型を、ぐしゃぐしゃと手で掻《か》き乱した。

その拍子に、左耳につけた銀のピアスが揺れて、藤吉の目に留まる。「しまった」と思ったときには、もう遅かった。

「こんなものまで付けやがって！」

ピアスを外そうと伸ばした藤吉の手を、光樹は寸前のところでかわす。

「これくらい、俺らの年じゃ普通なんだって……」

しかしそんなことを言っても、このカミナリ親父は理解しないどころか、聞く耳さえ持たないだろう。だから光樹は力なくぽつりと呟《つぶや》くように言って、唇を噛《か》み締めた。

別に好きで跡取りに生まれたわけではない。

三人きょうだいの末っ子、上は姉が二人で、たまたま自分が男だったというだけだ。

姉たちは早々に家を出て、造園業とはまるで関係のない仕事についている。上の姉はブランドバックを片手に丸の内《まるのうち》で会社員、二番目の姉は代官山《だいかんやま》でオシャレなカフェ店員と、それぞれ好きなことをしていて楽しそうだ。

それなのに自分だけが汗と土にまみれ、まるで高校生のように茶髪とピアスを叱《しか》られている。

「今すぐ髪を黒く染めるんだ。でなきゃ、今日の現場には連れて行かない」

光樹は何も答えなかった。

現場に行かなくて済むのであれば、それでもかまわないと、そう思ったからだ。

正月前に庭を整えたいという依頼が多いため、年末はとても忙しい。寒いなかでの連日の力仕事に、光樹はもううんざりしていた。

うつむくと、土で薄汚れた地下足袋が目に入る。乗馬ズボンと呼ばれる作業用ボトムスに、防寒だけに特化した黒の地味なジャンパー。胸元には社名が刺繡《ししゅう》されていて、職人の爺さんたちとお揃《そろ》いだ。

同い年の同級生たちは、忘年会だコンパだと楽しそうにしているのに――。

光樹は震える拳をぎゅっと握り締めた。

「……わかった。連れて行かなくていいよ」

「どういうことだ？」

「こんな仕事、辞めてやるって言ってんの！」

「なんだと⁉」

藤吉の顔がカッと赤くなり、額に青筋が浮かんだ。「おまえというやつは……」と、唇をわなわな震わせる。

「じゃあ出て行けっ！」

渾身の力を振り絞ったカミナリ親父の怒号が響いて事務所が揺れた。ささ爺も思わず茶をこぼしそうになる。

「言われなくても出てってやるよ！」

光樹はそう言って、スマホと財布だけを持って外に出た。

＊　＊　＊

閉店時間まであと一時間となった角打《かくう》ちバーは閑散としていた。

「年末だってのに、暇なもんだな」

客がいないのをいいことに、カウンターに肘をついてだらけた様子の龍巳《たつみ》が呟く。

「忘年会シーズンは大人数で集まる飲み会が多いですからね。席の少ない、とくにうちのような小さな店は二次会には選ばれにくいのでしょう。とはいえ、ここはバーですから。あまり騒がしいのも困ります。浮ついた客に粗相をされるくらいなら、静かなほうがいいのかもしれません」

「そりゃそうだけどよ。暇はよくねえよ」

薫《かおる》は「それが難しいところです」と言って、次のグラスを手に取った。

「そういやおまえ、正月は実家に帰るのか？」

出し抜けに龍巳が聞いた。

酒屋あかいは大晦日と三が日が定休である。よって角打ちバーも大晦日から休みなのだ。

「いえ、とくにその予定はありませんが」

両親の大反対を押し切ってバーテンダーになった薫に、帰省という選択肢はなかったが、事情を知らない龍巳のため、つとめてなにごともない様子を装って答えた。

「そうか。うちはババアが帰ってくるんだよな。大晦日だけは親子で過ごしたいんだとよ。ったく、勝手だよな」

そう言いながらも、その顔は少しだけほころんでいる。元ヤンキーも、母親には敵《かな》わないらしい。

「そういえば、松《まつ》の香《か》は年末年始も通常営業だったよな」

「ええ。『誰もが帰る家があるわけではない。だから年末年始こそ、いつもどおりに店を開けてお客様を迎えるのだ』と、マスターは言っていました」

「俊《とし》ちゃんらしいな。でもまぁ、それって案外自分のためなのかもしんねえけど」

龍巳は肘をついたままさらりとそう言ったが、薫は内心でドキリとした。

薫がマスターに弟子入りをして半年以上が経《た》つ。人生の先輩として様々なことを教えてくれるマスターだが、自身のことについてはほとんど語ることがなかった。

薫がマスターについて知っているのは、二十歳でホテルのバーテンダーとして働いたあと、銀座《ぎんざ》のバーを転々として修業を重ね、独立して松の香をオープンさせたという、バーテンダーとしての歴史だけだ。そのほかのプライベートについては何も知らない。

師弟関係であればそんなものだろうと思いながらも、出会ったときからマスターに対して特別な感情を抱いている薫は、そのことを少し寂しく思っていた。

「自分のため――それは、マスター自身も帰る家がないと、そういうことでしょうか？」

長い付き合いである龍巳ならば何か知っているだろうかと聞いてみる。しかし龍巳は「いや」とかぶりを振った。

「悪《わり》ぃ。知ったような口きいちまった。実は俺も、俊ちゃんのことはよく知らねえんだ。出会った頃から、ずっと独り身みてえだけど。ただ、そういうんじゃなくてさ。なんていうか……俊ちゃんってときどきすげえ寂しそうに見えんだよな」

龍巳の言葉に少し驚いて薫は目を見開いた。

どんな客も受け入れる広い心を持ち、いつも穏やかに微笑んでいるマスター。しかし薫はあるときふと、その瞳の奥に孤独の影が落ちる瞬間があることに気づいてしまった。

それは長年バーテンダーという仕事を続けた人間が持つ深みや、趣のようなものだろうと思ったこともある。しかしどうやら龍巳も同じことを感じていたらしい。

二人はなんとなく物憂い感じになってしまい、押し黙る。するとしばらくして、ガラリと勢いよく戸が開き、騒々しい声が乱入してきた。

「なんだよ、この店。ボロくね？」

「だからさっきコンビニ入っときゃよかったんだよ」

「まぁ、酒がありゃなんでもいいよ。テキトーに買って、さっさとおまえん家行こうぜ」

すでに酔っ払っているらしい若い男の二人組は音量の調整が効かないようで、その会話は店内に大きく響き渡った。どうやら大学サークルの飲み会帰り、まだ飲み足りないということで宅飲みのための酒とアテを買いに来たようである。

イマドキの髪型と服装に身を包んだ大学生たちは、ドカドカと乱暴に酒とスナック菓子をカゴへ放り入れながら、互いが何かを言うたびにギャハハと大声で笑った。

薫は思わず眉をひそめる。もしこれがバーの客であったら、まさにさっき話していたような、招かれざる客だ。しかし酒屋にとっては、深夜に酒を買いに来てくれた大切なお客様である。

龍巳は「こういうやつらには慣れている」と言わんばかりに肩をすくめると、なるべく薫のそばに来させないで会計をするべく、立ち上がって彼らに近づいた。

するとまた、今度はカラカラとゆっくりドアが開き、冷たい風がぴゅうと吹き込む。全員が振り向くと、入り口には、黒のジャンパーに地下足袋を履いた作業着姿の若い男が立っていた。そして大学生たちを見るなり、「あっ」と声を上げる。

「おい、光樹じゃねえか！」

「久しぶりだな！」

彼らは偶然にも知り合いだったようで、大学生たちはうれしそうに駆け寄ると「ウエーイ」とハイタッチをした。

「光樹は最近どーよ？」

「べ、別に。とくに変わってないよ。琉聖《りゅうせい》と陽翔《はると》は元気そうだな」

「まぁ、相変わらずバカやってるわ。あれ？　おまえ、あのときいたっけ？　ほら、えっと、あれだよ、宮下《みやした》ん家でやったバーベキュー！」

「あ、ああ。あの日は仕事だったから……」

「このまえの同窓会にも来てなかったもんな。あれはマジやばかったぜ。テツヤが泥酔してさぁ。真冬の川に飛び込もうとしてんの！」

「あれ傑作だったよなぁ！」

二人は腹を抱えて笑っていたが、光樹と呼ばれた若者は話についていけず、ぎこちない作り笑いを浮かべている。

ひとしきり内輪ネタで盛り上がったあと、大学生のひとりがふと気づいて言った。

「つか！　今気づいたけど、おまえ何その恰好《かっこう》！」

「えっ？」

「作業着、ダサくね？」

光樹の肩がびくっと上がる。

「俺も思った！　てかおまえ私服それなん？」

「見ろよ！　服に会社の名前書いてあるぜ！　桐沢造園って！」

「いや、個人情報漏洩かよ！」

何がおかしいのか、大学生たちは指をさして大笑いをした。

これは悪意のあるからかいか、それとも気の置けない友人同士のふざけ合いの範囲なのか。薫はカウンターのなかでグラスを磨きながら、龍巳は商品の整理をするふりをして、それぞれ様子を窺《うかが》った。

ひとしきり笑ったあと、光樹はスッと小さく息を吸って言った。

「あーあ、マジでダサいよな。だから俺、家出してやったんだよ」

「えっ？」と、二人は笑うのを止め、薫と龍巳も顔を上げる。

光樹は自嘲気味に笑いながら、早口で続けた。

「おまえらの言うとおり、庭師なんてダサくてやってられねーからさ。だからこんな仕事辞めてやるって、親父と喧嘩して家を出てきたんだ。ヤケ酒でもしてやろうってな！」

半ば叫ぶような声に気圧《けお》された二人は、顔を引きつらせて言った。

「……は？　てかなんなんだよ、急に」

「いや、そんなマジな話、俺らに言われてもさ。知らねえし。つか引くわ」

突き放された光樹はそれ以上なにも言わなかったが、その右手は小さく震えている。龍巳は思わず、三人のあいだに割って入った。

「なぁ、兄ちゃんたち。盛り上がってるところ悪ぃが、もう閉店なんだ。それ、会計してもいいか？」

いきなり現れた体格のいい男に、大学生たちは驚いてぎょっと顔を見合わせる。そして、

「あ、は、はい。お願いします」

と、急にぺこぺこと腰を低くして、酒やつまみの入ったカゴを差し出した。

龍巳はニカッと笑って勘定をすると、わざとらしく大きな声で、彼らを追い出すように、

「あざっしたぁー！」と叫んだ。

＊　＊　＊

「なんか、すみませんでした」

残された光樹は腰を折って深く頭を下げた。

「兄ちゃんが謝ることじゃねえよ」

龍巳が言ったが「いえ、でも。うるさくしてしまったので」と、目を伏せる。

光樹はそのまましばらく黙っていたが、ハッとして顔を上げた。

「すみません、もう閉店なんですよね。すぐ出ます」

と、慌てて冷蔵ショーケースを開ける。パッケージも確認せずに、手近な酒の缶を掴《つか》もうとするのを見て、龍巳は笑いながら言った。

「慌てることねえよ。ここは俺の店だからな。閉店時間は店主の気まぐれで変わるんだ」

そして薫のほうを振り向いて、アイコンタクトを送る。彼のために閉店時間を延ばして

いいかと、そういうことなのだろう。おそらく龍巳は、父親と喧嘩をして家出をしてきたという彼のことを、放っておけなくなったのだ。

もちろん、薫も同じ気持ちである。それが伝わるように、ゆっくりと深く頷いた。

小さく礼をして再びショーケースに向き直った光樹に龍巳が聞いた。

「ところで買った酒、どこで飲むつもりなんだ？」

「どこでって……」と、光樹が戸惑った表情を見せる。

「悪いが、さっきの話が聞こえちまってよ。兄ちゃん、親父さんと喧嘩して家出中だって言うじゃねえか。だったらどこでヤケ酒するつもりだったのか、ちょっと気になっちまったんだよ」

「べ、別に……どこかその辺です」

「はぁ？　こんな真冬に、外で冷たい酒なんか飲んだら凍死しちまうぞ⁉」

龍巳の呆《あき》れたような大声が店内に響く。

「いいんです。俺なんて――」

光樹は顔を伏せて、小さな声で呟いた。どうやら本当にヤケになっているようである。

「なぁ……だったら、うちで飲んでいかねえか？」

「えっ」と、光樹が顔を上げた。

「バーだから、ちょっと値段は張るけどよ。そのぶんは保証するぜ。なんせうちにいるのは、腕利きのバーテンダーだからな」

龍巳は親指で薫を指すと、ニカッと笑う。

腕利きのバーテンダーと紹介されて、薫はうやうやしくお辞儀をした。

「よろしければ、ぜひどうぞ」

銀のアンダーリム眼鏡をカチャリと上げる。

カッチリとした黒のベストに場違いなネクタイをした、本格的なバーテンダーの登場に、光樹は驚いた様子で言った。

「お、お金なら、大丈夫です。一応、働いてるんで。けど……」

「じゃあ決まりだな！　さぁ、座った、座った！」

龍巳はそう言って光樹の背中を押すと、強引に席へと案内した。

カウンターに腰掛けた光樹は、小さくなってあたりをきょろきょろと見渡した。

「俺、こういう店はじめてで。何を頼んだらいいのか……」

「普段は何を飲まれますか？」

「居酒屋ではレモンサワーばっかりです。飲みやすいし」

「かしこまりました」

薫はそう言って、タンブラーグラスを取り出した。

「実は、バーにレモンサワーというメニューはないんです」

「えっ、そうなんですか」

「はい。バーに置いてあるのは洋酒がメインのため、焼酎を材料とするレモンサワーは作ることができないのです。ただうちは角打ちバーですので、焼酎に日本酒なんでもござれ、ですけどね。でも折角ですから――」

薫は話しながらシェイカーに氷を入れ、そこにジンとレモンジュース、シロップを加える。

「バーでしか飲めない、とっておきをひとつ」

そう言って構えると、背筋を伸ばしてからシェークをはじめた。

「うわあ、本物だ……」

光樹が思わず声を上げる。その様子を左隣で満足そうに見ていた龍巳が言った。

「かっこいいだろ？　こいつ」

光樹が「はい」と頷く。そんなふうにストレートに褒められるのは照れくさく、薫はつい、シェイクの音を大きくしてしまうところだった。

シャカシャカと一定のリズムで音を響かせたあと、液体をグラスに注ぐ。そして残りを適量の炭酸で満たしステア。最後に輪切りのレモンを飾れば完成だ。

「お待たせいたしました。ジンフィズです」

「ジンフィズ」と、光樹が繰り返す。

「ジンをベースにレモン果汁とシロップ、炭酸水を加えたカクテルです。どうぞ」

「は、はい。いただきます」

光樹はそう言って会釈をすると、背筋をピンと伸ばしてから、グラスをおっかなびっくり手に取った。

恐る恐る口をつけると、「んっ」と目を見開く。そしてごくごくと喉を鳴らした。

「なにこれ、うっま！　それに、飲みやすいです」

「はい。ジンフィズはさっぱりとしてとても飲みやすいので、男女問わず初心者におすすめのカクテルです。それとお客様は、レモンサワーがお好きとおっしゃっていました。レモンサワーとは、焼酎をレモン果汁入りの炭酸水で割って甘みをつけたもの。ですから、ベースのお酒がジンか焼酎かという違いだけで、実はジンフィズとレモンサワーは同じ要素で作られているといえます」

「だからとっつきやすいのかな。でも、それだけじゃないっていうか、うまく言えないですけど、すごく深い味がします。グラスも高級だし、バーってすごいや」

薫はその言葉を聞いて、「やはり」と思った。

角打ちバーはカジュアルな店だが、使っているグラスは松の香から持ち込んだものなので、うすはりの上等なものである。

光樹は見ただけでそのことに気がついて、だから最初からずっと、グラスにはこわごわと触れていた。

物の価値をわかって、きちんと緊張できる人間は、大人でも案外少ない。グラスの繊細さにも気づかないで、カチンと音を立てて乾杯をした自称バー通のレディキラーもいるくらいである。

光樹は目を輝かせながらそっとグラスを手に持ち、質感や形を楽しむように様々な角度から眺めていた。

その姿を見て、薫はうれしくなる。ひとつ、質問をしてみた。

「お客様。このカウンター、なんの木でできているかわかりますか？」

「えっ？　松ですよね？」

ジンフィズをひとくち飲んで、光樹は迷わず即答した。

「正解です」

「そうなの？」

薫の言葉に、龍巳の素っ頓狂な声がかぶさる。

「なぜ店主のあなたが知らないのですか？」

「いや、だって、じーちゃんも親父もそんなこと教えてくれなかったし。逆におまえがどうして知ってんだよ？」

「改装をする際、木目や色合いの感じをバックバーと統一するために調べました。ちなみに松の香のカウンターもそうですよ」

「ああ、松の香って名前には、そういう意味もあったのか。俊ちゃん、シャレてんなぁ」

龍巳は感心して深く頷いた。薫は光樹に、師匠の店である松の香のことを話す。

「オーセンティック――いわゆる本格的なバーですね。敷居は高いですが、ぜひいつか足を運んでみてください。国産の一枚板の松で作られたカウンターはとても見事ですよ」

光樹の眉が上がり、黒目が大きくなった。

「へえ、地松の一枚板は珍しいですね」

龍巳が「どうして？」と身を乗り出す。

「日本の松は一枚板のカウンターができるほどの大木は少ないから。だから、その、なんていうか……」

「希少なのですね」

「あっ、はい。そうです」

「さすが、プロはお詳しいです」

「べ、別に。庭師にとって松は難しいから、よく話を聞くってだけです」

光樹はそう言って、顔を赤くしながら謙遜をした。

薫は庭師の仕事について詳しいわけではないが、営業マン時代に担当をした客に立派な日本庭園を持つ社長がいて、少し話を聞いたことがある。

自宅を訪問した際に、たまたま庭師が入っていて、松を剪定《せんてい》しているところを見学させてもらったときのことだ。

「庭師が松を切らせてもらえるのは、修行の最終段階なんだ。松は高価だし、切り方を間違えれば枯れてしまうこともあるからね」

と、社長が教えてくれた。実際、庭には複数の職人がいたが剪定作業をしているのは親方と思しき老人のひとりだけだったことを覚えている。

薫がこの話をすると「そうですね」と、光樹は頷いた。

「でも修行が大変なのは、松だけじゃないです。庭師って、木を切るだけの簡単な仕事に見られることもあるんですけど、新人のころはハサミも持たせてもらえないんですよ。最初にやるのは掃除や片付け。それもただやるだけじゃなく、先輩たちの仕事を見ながら技術を盗まなくちゃいけないんです。これが難しいんですよね。職人の爺さんたち、誰も正解を教えてくれないから」

そう言って、拗《す》ねたように唇を尖《とが》らせる。愚痴っぽく言いながらも、庭師の仕事について饒舌《じょうぜつ》に語っているときの彼の目は、キラキラと輝きを放っていた。

それを見て薫は確信する。やはり彼は庭師の仕事を「ダサい」などとは思っていない。ならばどうして、あんなことを言ったのだろうか。

「——お客様はなぜ、庭師の仕事を辞めようと？」

ストレートに聞くと、光樹の肩がハッと上がった。

「出過ぎたことを聞いて申し訳ありません。なにぶん狭い店ですので、カウンターのなかにも声が聞こえていまして」

「狭い店で悪かったな」と、龍巳が茶々を入れる。場の空気を和ますための、彼なりの気遣いなのだろう。それは功を奏したようで、しばらく困ったように眉を八の字にしていた光樹だが、ゆっくりと息を吐いて話し出した。

「親方——親父と反りが合わなくて。毎日、喧嘩ばっかりなんです。今朝も、茶髪とピアスを叱られて。髪を黒くするまでは現場に来なくていいなんて言うから、それで俺……」

「家を飛び出して来たってわけか」

「……はい。笑っちゃいますよね。この年齢になって、高校生かよって……」

「いや、笑わねえよ。俺も昔、金髪のツートンにして親父にめちゃくちゃ叱られたなぁ」

「ツートン、かっこいいのに……！」

「だろ？ あいつわかってねえんだよ。すっげえ、頑固親父でさ」

薫は二人のやりとりを聞きながら、そうか、普通はそんなふうに、些細《ささい》なことで父親とぶつかるものなのだな、と当たり前のことを思う。

「わかります！ うちの親父も頑固で、何かと言えば『おまえは跡取りなんだから』って、そればっかり言うんですよ！ そんなの関係ないじゃないですか⁉ 俺だって……一生懸命やってるのに……」

仲間を得て語気を強くしていた光樹だが、最後はぽつりと小さな声で言った。

「わかるぜ。兄ちゃんは若いのに頑張ってんだ。茶髪にピアスくらい、許してほしいよなぁ」

龍巳が背中をやさしく撫《な》でる。うつむいた拍子に、左耳のピアスが揺れた。

「——このピアス、すげえかっこいいな」

龍巳が光樹の耳たぶにそっと触れる。

「ありがとうございます！　これ、一点ものなんですよ！　ちょっと高かったけど、思い切って買ったんです！」

光樹の頬が喜びで紅潮し、その表情がパッと輝いた。それは彼がここに来てはじめて見せた、あどけない笑顔である。

その笑顔を見て、薫はじっと考えた。若くして師弟文化の厳しい社会に身を置いている彼は、同世代に比べると精神的に大人びて見える。しかしまだ、ほんの二十歳だ。さっきの大学生たちのように遊んだり、おしゃれだってしたいだろう。

彼の気持ちはよくわかる。けれど――。

ジンフィズの氷がカランと鳴った。

「茶色い髪も、その銀のピアスも、お客様によく似合っています。ですが――私はお父様の意見に賛成です」

「えっ」と、光樹の表情が曇った。龍巳も驚いて顔を上げる。

「で、でも俺！　高校を卒業してから、ずっと真面目にやってきたんです！　友達の誘いも断って、断りまくって！　そしたら同窓会にも誘われなくなって……同い年のやつらは好きなことして、髪だって服だって自由にしてんのに、どうして俺だけっ！」

「ずっと真面目にやってきたからです！」

薫は強く言った。

「お客様が庭師として努力をしてきたことは、すぐにわかりました。上等なグラスをそれとわかる目。つまりよいものを見分ける目は、職人として磨かれたセンスの証《あかし》です。自分の仕事に関する知識も十分にある。そしてそれを大人にも臆さずに伝えられる能力は、厳しい師弟関係で鍛えられた賜物《たまもの》でしょう」

間髪入れず繰り出さる褒め言葉に、光樹の顔は沸かしたヤカンのようにふしゅうと赤くなる。

「お客様のお話を聞いて、庭師とバーテンダーの仕事はとても似ていると思いました」

「どこが、ですか。庭師はそんなにかっこよくないですよ。服だってダサいし」

「見た目のことではありません。例えば、お客様が召し上がったジンフィズ。このカクテルは、バーテンダーにとって基本であり、集大成のカクテルだと言われています」

「えっ、どうしてですか？」

「シェイク、ステア、ビルド——ステアは材料をかき混ぜること、ビルドは材料を注ぐことですね。ジンフィズはその作り方に、バーテンダーの基本技術すべてが入っているのです」

龍巳はさっき薫がジンフィズを作っていたときの動作を思い返しているのか、しばらく目を瞑《つぶ》ったあと「ああ、たしかに」と、感心したように両眉を上げた。

「それだけでなく、レモンと甘みのバランス、炭酸を適量というのも、また難しい。ジンフィズを頼めばその店のバーテンダーの力量がわかる、と言われるくらい、バーテンダーのセンスが問われるカクテルなのです」

「――松の剪定と同じだ」

光樹が呟くように言った。

「ええ、私もそう思いました。その店のマスターと師弟関係のもとで修業をする点も、よく似ています。私も最初は、掃除と片付け、そしてマスターの技術を盗むことから始めました。社会人経験はあっても、私はバーテンダーとしてはまだ若造です。業界は違いますが、職人としての経歴はお客様のほうが先輩。ですから若造が先輩にこんなことを言うのは、差し出がましいと承知の上ですが……」

薫はたっぷりと間を置いてから、大真面目な顔をして言った。

「もし私の見た目が茶髪にピアスだったら、このジンフィズの話に説得力はありましたでしょうか？」

光樹はぽかんと口を開けて固まってしまう。隣の龍巳も、同じ顔をしていた。

しばらくして「ぷっ……」と、二人同時に吹き出す。そして、もう我慢できないといったふうに大笑いを始めた。

「……どうして笑うのですか？」

「いや、だって。なんかおまえがチャラ男になったところを想像しちまって」

「す、すみません。俺も。お兄さんが茶髪にピアスって、それは絶対ないよなぁって」

薫は「コホン」とひとつ咳払《せきばら》いをした。

「まぁ、それは置いておいて。お父様が見た目について厳しく言うのは、それが信用に関わることだからです。庭師に仕事を頼むようなご年配の客層は、派手な見た目を好まない方も多いでしょう。そんなことで、せっかくの努力をふいにしてほしくないと、お父様はそう思ったのではないでしょうか」

光樹はまだ少しだけ残っているジンフィズをじっと見つめると、最後のひとくちを飲んで言った。

「わかってるんです。けど……」

素直になれない。と、薫はそのあとに続く彼の気持ちを推測した。

茶髪とピアスを叱られたことで家を飛び出した二十歳の少年。でもそれは本当の理由ではなく、単なるきっかけに過ぎない。

彼はきっと――父親にありのままの自分を認めてほしかっただけなのだろう。

「お客様、もしよろしければもう一杯――」

そんな彼にとっておきのカクテルをすすめようと、薫がウイスキーと四角いリキュールの瓶を手に取った、そのときだった。

「光樹っ！　ここにいたのか⁉」

ガラッと勢いよく戸が開いて、カミナリのような怒鳴り声が飛び込んできた。店頭に並んだ酒瓶が震える。

三人が一斉に振り向くと、光樹と同じ格好をした、ねじり鉢巻き姿の髭面親父が、怒りで顔を真っ赤にして立っていた。

「お、親父⁉」

光樹がガタンと立ち上がって後ずさる。「親父⁉」と、薫と龍巳の声が揃った。

「おまえというやつは！　出て行ったと思ったら本当に現場すっぽかすなんて、何考えていやがる⁉　挙句の果てにこんな遅くまでふらふらしやがって！　呑気《のんき》に酒をくらっているたぁ、いい度胸じゃねえか⁉」

鬼の形相をした父親は矢継ぎ早にまくし立てながら、ものすごい勢いで光樹に走り寄る。慌てた龍巳が二人のあいだに入ろうとしたが、一歩遅かった。

「このバカ息子がぁ‼」

まるでカミナリが落ちたように、店の空気がビリビリと震える。胸倉を摑まれた光樹は、殴られることを覚悟したのか、ぎゅっと目を瞑って歯を食いしばった。

しかしいつまで待っても鉄拳が飛んでくる気配はない。かわりに聞こえたのはズビッと鼻をすする音だった。

「……えっ？」と、恐る恐る目を開ける。するとそこにいたのはカミナリ親父ではなく、今にも泣き出しそうな顔の父親だった。

「心配したんだぞ⁉」

そう言って、両手でゆさゆさと光樹の肩を揺する。その拍子に、涙がひとすじ流れ落ちた。

「親父……」

はじめて見る父の涙に光樹は戸惑いながら、「わ、悪かったよ……」と、ひとまず頭を下げる。

「それじゃあ家には帰って来るんだな⁉」

「ああ」

「庭師の仕事も辞めたりしないな⁉」

「ああ、辞めない」

「なら、よしっ！」

父親は力強く声を張り、乗馬ズボンからハンカチを取り出すと、ズバンと豪快に鼻をかんで姿勢を正した。

「お見苦しいところをお見せして、申し訳ありませんでした」

龍巳と薫に向かって、深く腰を折る。

「いえ。ちょうど今、彼とお父様のことを話しているところでした」

そっくりな顔をした親子が、ハッと顔を上げた。

「こ、こいつは俺のことをなんて？」

「喧嘩はするけれど、とても尊敬する父親だと、そうおっしゃっていましたよ」

薫はにっこりと笑って、少しだけ嘘《うそ》をつく。

「なっ……そ、そんなこと言ってな――」

「光樹……おまえがそんなことを思ってくれていたなんて……やっぱりおまえは自慢の息

子だぁ！」

父親は再び鼻水を垂らしながら、愛する息子に抱き着いた。

「は、離せよ！　恥ずかしいだろ⁉　つか、親父！　どうして俺がここにいるってわかったんだ⁉」

「ああ、琉聖と陽翔に聞いたんだ。そしたら、ここでおまえに会ったって言うからよ」

「は？　なんで親父があいつらの連絡先、知ってんだよ⁉」

「ささ爺に頼んだ。ささ爺のお孫さん、おまえと同級生だろ？　そこから芋づる式に連絡先を辿《たど》っていったんだ。どこかで光樹を見なかったか？　ってな」

「ってことは……同級生のほとんどが、俺が家出したことを知ってる……？」

「まぁ、そうなるな」

「いや、何してくれてんだよー⁉」

酒屋あかいに光樹の叫び声がこだまする。

「しょうがないだろ、緊急事態なんだから」

「だからってそんな恥ずかしいことしてんじゃねぇよ⁉」

「心配する親に向かってなんだその口の聞き方は⁉」

わいわいと口喧嘩をはじめた親子を見ながら、龍巳と薫は顔を見合わせてふっと笑う。

「この様子じゃ、もう大丈夫そうだな」

遠慮なく言い合いをしている父と子をうらやましく思いながら、薫は「ええ」と頷いた。

「今日はもう店じまいですが、今度はご一緒に角打ちバーに来てください。そのときは、お二人にとっておきのカクテルをお作りいたします」

光樹に作るはずだったあのカクテルは、そのときまでとっておこうと、薫は用意したウイスキーとリキュールをバックバーに並べ直した。

＊　＊　＊

そして大晦日の前日。角打ちバーに思わぬ客がやって来た。

グラスを磨くことに集中していた薫は戸の開く音に気づかず、カウンターに人の気配を感じて顔を上げる。立っていたのは、灰色のタートルネックに黒の襟付《えりつ》きライダースジャケットを羽織った男性。

「やぁ、瀬名《せな》くん。頑張っているみたいだね」

「マスター⁉」

薫は驚きのあまりグラスを取り落としそうになった。

「ははっ、まるで先生に悪いことを見つかったときの生徒のような慌てぶりじゃないか」

「マスターは先生ですので、まんざら間違ってはいません。もちろん悪いことはしていませんが」

「君みたいに真面目なバーテンダーなら、たまには悪いことをしてもいいんだよ」

マスターは冗談を言いながらスツールに腰掛ける。

「龍巳くんは？」

「配達です。今日は忙しいみたいですね」

「そうか。大晦日の前だからね」

薫は頷き、マスターにおしぼりを渡しながら、その姿をじっと見た。

「……僕の顔に何かついているかい？」

「すみません。なんだか新鮮で、つい」

「ああ、そういえば私服で君に会うのははじめてだったね」

「それもそうなのですが、マスターがお客様としてカウンターの向こうに座っていることに慣れなくて。今日は突然どうされたのですか？」

「藤吉――いや、桐沢造園の親方に礼を言われてね」

「お知り合いだったのですか⁉」

このまえの親子喧嘩を思い出しながら、薫は声を上げた。

「親方とは同級生なんだ。光樹くんからの話で、ここが僕の弟子の店だと知ったらしくてね。すぐ、うちに飛び込んできたよ。瀬名くんのおかげで仲直りできたって喜んでいた。ああ、そうだ。忘れないうちに」

マスターはそう言って、風呂敷に包まれた木箱を渡す。

「桐沢造園でついたお餅。お裾分けだってさ」

「ありがとうございます。いただきます」と、薫は喜んで受け取った。

「光樹くん、修行の身のうちはって、髪を黒く戻したらしいよ。でも一人前になって、親方を超えることができたら、好きな恰好をするらしい。そしたら『誰に似たのか頑固なヤローだ』なんて、親方がしみじみ言うもんだからさ。ずっこけてしまったよ」

マスターの話に、薫も思わず声を出して笑ってしまう。今日はプライベートだからだろうか。いつもとは違い、砕けた話し方をするのも、なんだかうれしかった。

「まったく。あいつも、もう少し頭を柔らかくしたらいいのにな。昔から喧嘩っ早いやつだったが、何も息子にまでカッカしなくても」

「でも、私はうらやましいと思いました」

「どうして？」と、マスターは顔を上げた。

薫は少し迷ってから、自身が育った家庭環境について話す。

国家公務員のキャリアである父親と、その妻であることを生きがいにする母親。父は息子にも同じエリートの道を歩ませることを望んだ。用意された道は完璧であったが、そこに薫の意思は存在しなかった。

「父は、とても厳しい人でした。例えばテストで小さなミスをすれば、どうしてそんな間違いをしたのか、原因は何か、と問い詰められる。反抗なんてもってのほかです。だから私は、父親と喧嘩をしたことがありません。お恥ずかしながら、この年齢になるまで何もかも父の言いなりでした。バーテンダーになった今、ようやく自分の道を歩いているといったところなのです」

「そうか……君もいろいろあったんだね」

マスターは薫に出会った日のこと、そして彼の流した涙のことを思い出した。

「いえ、大したことではないです」と、薫は笑ったが、それは師匠である自分に気を遣わせないためであろうと、マスターは思った。

「それより何か飲まれますか？　今日はお休みですよね」

マスターは少し考えてから言った。

「そうだな——それじゃあ、僕もジンフィズをもらおうか」

薫の肩がハッと上がる。

光樹に話したとおり、ジンフィズはバーテンダーにとって基本であり集大成のカクテル。ジンフィズを頼めば、その店のバーテンダーの力量がわかるともいわれる。

とはいえ普通の客は、そんなことを気にして注文をしたりはしないし、バーテンダーのほうも、普段ジンフィズを作るときにプレッシャーを感じたりはしないだろう。

しかし師匠がそれを注文したとなれば、話は別だ。

「かしこまりました」

薫は息を大きく吸って、背筋をピンと伸ばす。そして手際よく材料を用意すると、シェイカーを構えた。

「――うん、いい味だ」

時間をかけて、ゆっくりとジンフィズを味わっていたマスターが、ようやく口を開いて言った。

「ありがとうございます！」

その言葉を聞いて、ほっと肩の力が抜けた薫は、勢いよく頭を下げた。普段あまり感情的な様子を見せない彼の表情が緩み、その頬が紅潮しているのがわかる。

――あの日、涙を流していた君が、こんな顔をするなんてね。

と、マスターははじめて薫に会った日のことを思い出しながら、グラスを傾けた。

「親方が喜んだのはね、仲直りのことだけじゃないんだ」

マスターは、ジンフィズから目を離さずに言った。

置いたグラスを手に持ったまま、無言の時間が流れる。しばらくして、マスターは決意したように口を開いた。

「僕に弟子――つまり跡取りができたことを、何よりも喜んでいたよ」

「えっ」と、薫はマスターの顔を見た。

「跡取り、なんていうつもりは君になかったかな？」

マスターは遠慮がちに笑った。

「いいえ！　もったいないお言葉です」

薫のその言葉を聞いて、ほっと息を吐く。

「ありがとう。松の香はね、僕と妻の大切な店なんだ」

カラン、と氷が鳴った。

「マスター、ご結婚されていたんですか？」

「もう随分と昔のことだよ。彼女があのとき注文したのもジンフィズだった」

マスターはふっと小さく笑って、昔のことを語り出した。


松原俊夫《まつばらとしお》がバーテンダーになった理由は、ただの偶然だった。

家庭環境に恵まれなかった俊夫は、高校を卒業すると同時に家を飛び出し、昼は喫茶店の皿洗い、夜はスナックやキャバレーのボーイと、様々な仕事を転々としていた。

そのまま二十歳になった俊夫は、このままずっとふらふらしているわけにはいかないと、ある有名ホテルに就職を決める。

そこで配属されたのが、ホテル内にあるバーだったのだ。

ホテルのバーには、様々な客がやって来た。宿泊客はもちろん、パーティーが終わったあと気の合う者たちだけで気軽に酒を楽しむ客、余裕たっぷりな様子で非日常を味わう恋人たち、誰もが驚くような有名人の姿も時おり見かけた。

ビジネスの商談や待ち合わせなど、ちょっとした用事でバーを利用する客もいて、俊夫はそのときはじめて、バーを気軽に利用する客層というものを知ったのだ。

はじめて見る世界に胸は躍り、俊夫はすぐにバーテンダーという仕事に夢中になる。

個人経営のバーとは違って、ホテルのバーは大量の客を効率よくさばいていく体力と判断力が必要となるのだが、俊夫はそのどちらにも自信があった。

接客は無骨であったが、ホテルの客たちには、そこに真摯さが感じられるとかえって好まれ、俊夫の評価はどんどんと上がっていく。

がむしゃらに働くうちに、あっと言う間に五年の月日が流れた。


「ジンフィズをちょうだい」

と言われ顔を上げると、まっすぐな黒髪を頭の高い位置でポニーテールにした赤いドレスの若い女性が、カウンターに座っていた。

細くて色白の、ハッとするような美人である。まっすぐに切り揃えられた前髪が、意思の強さを感じさせた。人に懐かない猫のようなアーモンド形の瞳と、それを覆う長い睫毛《まつげ》。鼻筋はすっと通って、唇は薄紅色に輝いていた。

「はぁ……疲れた……だからパーティーって嫌なのよ」

と、女性は誰にともなく呟く。

その日は宴会場で大手運送会社のパーティーが行われており、今も真っ只中。

どうやら彼女は、そのパーティーを抜け出してきたようである。

さすがにもう驚くことはないが、自分と年齢が変わらないくらいの女性が、バーで臆面もなくさらりとジンフィズを頼むのを見て「自分とは違う世界の人間だな」と、俊夫は思った。

とはいえ美人の前で少し恰好をつけたい気持ちもあり、俊夫はいつもよりゆったりとした動作で優雅に材料を用意する。

そのとき「あっ」と、彼女が声を上げた。そして、

「パパとあいつだ」

と、顔を隠すようにして伏せる。

パパという呼び方を新鮮に思いながら視線をやると、恰幅のいい中年男性とすらりと背の高い上品な青年が連れ立ってソファ席に座った。

「……やっぱりジンフィズはやめるわ」

と、がっかりした様子で女性が言う。

「どうしてですか?」

俊夫は思わず聞いた。

「あいつ、お見合い相手なの。運輸省の官僚ですって」

「ウンユショーノカンリョー」

まるで呪文みたいだ、と俊夫は思う。

「バーテンダーさん、ふざけてるでしょう?」

「いえ。素敵じゃないですか」

「どこが。女が酒を飲むのを嫌がるようなお坊ちゃんよ」

「ああ、それで」

と、注文をキャンセルした理由を把握する。

「私は全然好きじゃない。けど——運送屋の娘にはちょうどいい相手だからってパパが」

「っ……お客様、社長令嬢だったんですか⁉」

静かなフロアに、俊夫の間の抜けた声が響いた。

「シィーッ！ そんなに驚くこと？」

「すみません！」

俊夫は小さくなる。違う世界の人間どころか、雲の上の存在だ。

誰もが知っている大会社の娘で、気軽にバーの酒を楽しめる裕福な家に育ち、立派な婚約者までいるという、恵まれた環境。

しかし彼女はまるでこの世の終わりのような顔をしていて、大きくため息をついた。

「あーあ、飲みたかったのにな。ジンフィズ」

金持ちには金持ちなりの悩みがあるのだな、と俊夫は思う。自分にそれを理解することはできないが、少なくともいま彼女を笑顔にすることくらいは、できる気がした。

「それじゃあ、魔法のジンフィズを作りますよ」

女性は「魔法？」と聞き返し、ポニーテールを弾ませる。

俊夫は頷くと、シェイカーに氷を入れ、ジンとレモンジュース、シロップを加えた。

そこまでは、通常のレシピどおりだ。

「魔法のジンフィズは、ここにミルクを入れるんです」

「ええっ、ミルクを⁉」

俊夫はニッと笑ってシェイカーを構えた。ミルクとレモンは分離しやすいため、しっかりと時間をとってシェイクする。

とろりとした乳白色の液体をグラスに注ぎ、残りを炭酸で満たして混ぜれば完成だ。

しゅわしゅわとした泡が、こんもりと盛り上がる。

「どうぞ、ミルクジンフィズです」

「ミルクジンフィズ……」

女性は呟きながら、ちらりと背後にいる父親と見合い相手を振り返った。

「大丈夫ですよ。もし見られたとしても、これなら——ミルクを飲んでいると思うはずです」

女性はハッとして「たしかに」と言った。

遠目で見れば、ミルクジンフィズの見た目は、ミルクそのものである。

「ミルクジンフィズは、丸の内にある東京會舘《とうきょうかいかん》で生まれたカクテルで、別名を會舘フィズといいます。そのはじまりは戦後、東京會舘に通っていたアメリカの将校が、朝から酒を飲んでいることがばれないよう、ジンフィズにミルクを混ぜたこと。つまりカモフラージュというわけですね」

「魔法って、そういうことだったのね！」

「はい、ですから思う存分に楽しんでください」

俊夫は人差し指を口元にあてて、ウインクをした。その悪戯っぽい笑顔に、女性はぱちくりと瞬《まばた》きをする。そしてはじける笑顔で頷くと、ゆっくりとグラスを傾けた。

「いただきます――んっ、おいしい！」

口元を手で隠しながら、弾んだ声を上げる。その瞳は、まるでケーキを食べたときの子どものように輝いていた。

「それになんだか、懐かしい味がするわ」

「ミルクとレモンの効果ですね。さっぱりとしたジンフィズの味わいにミルクが加わることで、クリーミィな味わいとなり飲みやすくなるのです。大人のレモン牛乳、といったところかな」

「大人のレモン牛乳か。ふふっ、ありがとう。本当においしいわ」

「それはよかったです。バーに来て飲みたいお酒を我慢するなんて、そんなにつまらないことはありませんから」

俊夫がにっこりと笑うと、女性が言った。

「あなた、おもしろい人ね」

目の前に、すっと白い手が差し出される。

その動きがなぜかスローモーションのように見えて、「ああ、白魚のような手とは、こういう手のことを言うのだな」と、俊夫は呑気に考えていた。

「ねえ、私をここから連れ出してくれない？」

「――えっ？」

驚いて顔を上げる。

冗談を言っているのだろうと、俊夫は思った。

しかし彼女の顔は真剣で。その表情は、まるで今にも壊れてしまいそうなガラス細工人形のように悲痛だった。

アーモンド形の瞳に吸い込まれそうになる。

そして気がつけば、その手を取っていた。


「それが妻――貴子《たかこ》との出会いだった」

マスターは少しはにかんで、ジンフィズをひとくち飲んだ。

「まるでドラマのようですね。素敵です」

「ドラマティックなのは彼女のほうだよ。親の反対を押し切って、まさか本当に僕のところへ来てしまうなんて」

「あの、それはもしかして……駆け落ちですか？」

「まぁ、そうなるのかな」

「情熱的、だったのですね……！」

薫が驚いて言うと、マスターはいよいよ照れくさそうに笑った。

「振り返れば、僕の人生は彼女に導かれたようなものだった。僕に店を持つよう強く勧めたのも妻でね。よく言っていたよ。『あなたは誰かの孤独に寄り添うことができる人だから』と――」

その言葉を聞いて、薫はマスターに出会ったときのことを思い出す。

あのときも、マスターのカクテルはまるで魔法のようだった。薫の凍《い》てついた心を溶かし、ザ・ラストドロップ――あたたかい涙に変えた。

彼女もきっと、孤独だったのだろう。そしてミルクジンフィズのやさしい魔法にかけられて、自由になることができたのだ。

奥様はいま――そう聞こうとして、薫はハッと思いとどまる。

さっきまで思い出を懐かしむように笑っていたマスターが、悲しい目をしてジンフィズを見つめていた。

「まったく、彼女には振り回されっぱなしだったよ。悪い女だ。僕を夢中にさせたまま、ひとりでいってしまったのだから」

夫婦二人で松の香をオープンさせて数年、妻の貴子は病気を患ってこの世を去ったのだという。

薫は何も言えなかった。いや、言ってはいけないと、そう思った。

マスターは黙り込んだまま、ジンフィズをゆっくりと、気持ちを整理するように何度も傾ける。

そうしてグラスが空になった。

「湿っぽい話をして悪かったね。でもいつか、君に話さなければと思っていたんだ」

「大切な思い出を話してくださって、ありがとうございます」

薫は深く礼をした。マスターは空のグラスから目を離さず口を開く。

「親方に君のことを跡取りと言われたときにね、僕は——僕が思った以上にうれしかったんだ。今日は、そのことを伝えたかった」

顔を上げたマスターは、照れたように笑っていた。

その笑い皺《じわ》を見て、薫の胸に熱いものが込み上げる。

出会ったときからずっと、薫はマスターに特別な感情を抱いていた。それは、こんな人が父親だったらという、叶《かな》わぬ願いだ。

実の父のことを憎んでいるわけではない。厳しく接したのは、息子の将来を思ってのことだろうということも、わかっている。しかし薫は、龍巳や光樹たち父子のように、ときには想《おも》いをぶつけ合ってでもお互いを理解しようとするような親子関係を築くことができなかった。

もしかしたら自分は、マスターに父の姿を重ね合わせていたのかもしれない。

だからもし本当に、マスターが自分を我が子のように思ってくれるのであれば——。

「あの、マスター。もしよければ、もう一杯、私にご馳走《ちそう》させてもらえませんか?」

＊　＊　＊

薫が用意したのは、ロックグラス。

そこに大きめにくだいた角氷を入れ、ウイスキーとアマレットを注ぐ。アマレットとは、アーモンドのような香りが特徴の琥珀《こはく》色をしたイタリアのリキュールだ。原料は、デザートの杏仁《あんにん》豆腐にも使われる杏《あんず》の種子である杏仁。

軽くステアすると、甘い香りがふわりと鼻に抜ける。

「どうぞ、ゴッドファーザーです」

マスターの両眉が上がった。

このカクテルは大ヒット映画の『ゴッドファーザー』が公開された年に作られたものだ。アメリカに住むイタリア系マフィアの抗争を描いた作品だが、同時に、偉大なる父の深い愛情、そして父と子の強い絆《きずな》を描いた物語でもある。

奇《く》しくも、このカクテルは光樹に作ろうとしていたものだと、薫はマスターに話した。素直になれない息子へ、父の不器用な愛情を伝えるため。しかし今思えば——。

「このカクテルは、レモンサワー好きの彼には少し重たいですね」

「ガツンと腹に効くカクテルだからね。アマレットは、イタリア語で『少し苦い』という意味だ。たしかに僕のほうがぴったりだよ」

　薫は「いえ」と首を振った。

「これは——私の気持ちです」

　マスターの目が、ハッと大きく見開かれる。

　このゴッドファーザーには、さっきマスターに言われた言葉に対する薫の答えが込められていた。

　自分のことを「跡取り」だと言われて、その喜びを伝えてくれたもうひとりの父へ。

　私も同じように思っていますと——。

「ありがとう。ゆっくり味わうとするよ」

　カランと氷がグラスにぶつかって、琥珀色の液体が揺れる。

　そこにあたたかい涙がひとしずく、ひっそりと溶けていった。

第五話　カクテルのような二人

年が明けて正月。

薫《かおる》はなぜか龍巳《たつみ》の家でこたつを囲み、彼の母親お手製のおせちをつついていた。

「うわっ、栗《くり》きんとん入ってるじゃねえか！　嫌いだっつってんのに……」

「こんなにおいしい栗きんとんが食べられないのですか？　もったいない」

薫は言いながら、栗の甘露煮《かんろに》とくちなしの実で鮮やかに染められたさつまいもの餡《あん》をぱくりと口にする。ほっくりと家庭的なやさしい甘さが口のなかに広がった。

酒屋あかいの定休日に準じて、角打《かくう》ちバーも正月休み。

薫は松《まつ》の香《か》を手伝うと申し出たのだが、マスターから「正月はどうせ暇だから休んでいよ」と言われてしまった。

とはいえ、実家に帰る予定もない。正月は家でひとりカクテルの勉強や読書をして過ごそうと思っていた薫に、「今すぐウチに来い」と電話があったのは、ついさっきのことだった。

仕事のやり残しでもあっただろうかと思い店に向かうと、出迎えた龍巳が「おう」と手を挙げた。

「お袋が作ったおせちが食べきれなくてよ。一緒に食べねえか？」

そう言って照れたように笑う彼を見て、拍子抜けしながらも頷《うなず》いてしまったというわけである。

こたつの上には重箱に入ったおせち料理と大皿に分けられた煮しめ、それから燗《かん》をつけた日本酒が並び、二人は昼間から顔を赤くしていた。

思い返してみれば、家族以外の誰かと過ごす正月は初めてである。しかも自宅に招かれ、こたつで手作りのおせちをつまみに酒を飲むなんて。

薫の考え方からしてみれば、そんなことは長年の親しい間柄である友人がすることで、そういうハードルをいとも簡単に、ひょいっと飛び越えてくる龍巳は、あらためて自分とは違う世界にいる人間なのだと感じた。

龍巳は栗きんとんをよけて、田作りに箸を伸ばしながら言った。

「嫌いってわけじゃねえんだけどよ。ごはんなのに甘いってのが納得できねーんだ。ほら、酢豚のパイナップルみたいなもんだよ」

「私は酢豚のパイナップルも好きです」

「残念。俺とおまえは理解しえねえみてーだな」

「別に最初から何もかもわかり合っていませんよ」

薫はしれっとしてまた栗きんとんに手を伸ばすと、目の前にいる元ヤンキーがニヤニヤとこちらを見ていることに気づく。

「――なんですか」

こたつに入って暑いのか、龍巳は半そでのTシャツ姿だ。酒屋の力仕事で鍛えられた腕の筋肉に太い血管が浮いている。その手が顔に伸びてきたので面食らった。

「ついてるぞ、栗きんとん」

「ッ……」

龍巳は親指で薫の口元をぬぐい、黄色い餡をからめとると、自分の口元へそれを持っていった。ちゅっと湿った音がする。顔が熱くなって、ぶわりと背中に変な汗が出た。

「い、言ってくれれば自分で取りました！」

「わ、悪《わり》ぃ。昔の癖でさ」

自分でしておきながら、龍巳も慌てて赤くなる。その様子を見る限り、本当に無意識でしたことのようだ。

「昔の癖？」

聞き返すと、わずかだが龍巳の視線が動いた。

「ああ、昔のダチがさ。なんか知んねーけどチョコレートばっか食ってるやつで。いっつも食い方が汚ねえから、しょっちゅう口の端にチョコレートつけてたんだ。まぁ、あんときは俺も汚ねえガキで、ハンカチなんてもん持ち歩いてねえからさ。こうやって取ってやってたんだよ」

彼の視線の先にあったのは古びた写真立てだ。学ラン姿の龍巳と、小柄な金髪の少年が肩を組んで写っている。そういえば角打ちバーをオープンするとき、この写真を見て気になったことを思い出した。

「まぁ、昔の話だ」

と、龍巳は猪口《ちょこ》をゆっくりと傾けながら誰にともなく呟《つぶや》く。

彼がいつも見せるような飄々《ひょうひょう》とした笑顔はそこになく、まるで、ここではないどこか遠くを見ているかのようだった。この写真には、何か特別な思い入れがあるのだろうか。

——その友達とは、写真に写っている彼のことですか？

聞こうとして、薫はその言葉を飲み込んだ。龍巳の表情を見る限り、簡単に聞いていいことではない気がしたからだ。

誰にでも踏み込まれたくない過去がある。それは自分だって同じだ。

「——少しピッチが早いですよ。ちゃんとお水も飲んでください」

そう言って、かたわらに置いてあるミネラルウォーターのボトルを差し出す。

「おっ、サンキュー」と、歯を見せて笑った龍巳が、いつもどおりで安心した。

彼自身も何か微妙な空気を察知したのか、仕切り直しだとでもいうように「さて！」と、わざとらしく声を出す。そして「年越しそばを食うときに鍋敷きに使った」という、丸く鍋の形に跡がついたチラシの束を取り出した。

「これ食ったら初売りでも行くか！」

「えっ、行きませんよ」

「なんでだよ、正月と言ったら初売りだろ。福袋買わねえのか？」

「買いませんね。福袋というのは去年の売れ残りをまとめて販売しているだけですから。体《てい》のいい在庫処分ですよ」

「俺の夢を壊すなよ！　あっ、じゃあこれならどうだ？」

龍巳が一枚のチラシをピックアップした。

「パンの福袋だってよ！　これなら去年の売れ残りってこたあねーだろ」

「へえ、それはおもしろそうですね」

渡されたチラシを受け取る。それは近所に移転オープンをしたという「タカギパン工房」というパン屋で、表には店の外観と従業員の写真が載っていた。写っているのは、制服にエプロンを付けた薫の両親と同い年くらいの夫婦と、その息子と思しき父親にそっくりの若い男性――。

「えっ……」

その顔を見て、薫は青ざめた。

「ん？　どうかしたのか？」

「……なんでもありません」

「いや、なんでもねーやつがする顔じゃねえだろ！」

龍巳にそう言われて、慌てて表情を取り繕う。

「すみません。本当に何もありませんから。ただ、行くならひとりで行ってください」

薫に素っ気なく言われ、龍巳はこれ以上聞くことができなかった。

＊　＊　＊

正月休みが明けて、さっそく角打ちバーにやって来たのは銀郎《ぎんろう》だった。

「やっほー！　あけおめですっ」

と、手をひらひらさせて角の席に腰掛ける。そして「あけましておめでとうございます」と挨拶をした薫に、銀郎は両手で紙袋を差し出した。

「はい、これ！　お年賀です！」

「ありがとうございます。お菓子ですか？」

「うん。大納言小豆の入ったフィナンシェだよ！　珍しいでしょう？　年越しライブで大阪に遠征してたから、お土産も兼ねて。縁起のいいお菓子らしいから、商売繁盛にぜひ！あっ、いつものお願いね」

「お気遣いをありがとうございます。かしこまりました」

薫が再び頭を下げると、銀郎は周りをきょろきょろと見渡して言った。

「あれ？　たっくんは？」

「あ、店の奥で帳簿の整理をしています」

事実を伝えただけなのに、気まずい気持ちになる。三が日は休んでいたのだから、まだまとめるような帳簿はないはずだ。

あれから龍巳と薫は少しだけギクシャクしていた。

パン屋のチラシを見て様子を変えた自分のことを、龍巳がどう思ったのかはわからない。

ただ、何かの異変は感じ取ったようで、いつもなら角打ちバーがメインの時間帯になっても理由をつけて店頭に立っている彼が、今日は薫が出勤してすぐにこうして奥に引っ込んでしまった。

「たっくーん！　あっけおめ～！　ボクが来たよ～！」

そんなこととは露知らず、銀郎が無邪気に龍巳を呼ぶ。すると奥からバタバタと音がして、バックヤードを仕切る暖簾から真っ赤なスカジャンが顔を出した。薫はすっとスペースを開ける。目の端に、ニカッといつものように笑う顔が映った。

「おう、おめっとさん。どうだった？　大阪の年越しライブ」

「それが大変だったんだよぉ～！　ギターのエンちゃんがまた打ち上げで酔いつぶれちゃって！」

「いや、打ち上げの感想かよ。俺が聞いてるのはライブの話だっての」

「ライブはいつもどおり最高だったよ～！　東京のファンの子がわざわざ来てくれてね。そういうのってうれしいよねぇ」

二人は会うなりいつもの調子で盛り上がっていた。

誰に対しても純真そのものといった態度で接する銀郎の存在が、店の空気を一気に明るくしてくれる。薫はほっとして、カクテル作りに専念をした。

落ち着かなければ——と、シェイカーを振りながら思う。

チラシに写っていたのが高木正志《たかぎまさし》であるのは間違いなかった。銀行に勤めていたころ、薫の下についていた後輩である。

そして——自分は過去、彼に取り返しのつかないことをしてしまった。

「薫くん？」

シェイカーからカクテルグラスに酒を注ぎ終わったことに気づかず、そのままの体勢で固まっている薫を見て、銀郎が不思議そうな顔をして名前を呼んだ。

「あ……失礼いたしました。シルバーブレットです」

「ふふっ、新年これがないと始まらないよねっ。薫くんのカクテルは絶品だから！」

「ありがとうございます」

軽く会釈をして顔を上げると、横からじっとこちらを見つめる龍巳の視線とぶつかった。

薫は慌てて、反対側に目をそらす。

やっぱり龍巳は、自分の様子がおかしいことに気づいているようだ。

そのとき、カラリと戸が開いた。

「いらっしゃいませ」

天の助けだと声を張る。しかしゆっくりとした足取りでカウンターにやってきた男の顔を見て、薫は息を飲んだ。

「布川《ぬのかわ》くん」

かつての同僚の名前を呼ぶ。ぴかぴかに磨かれたブーツをカツカツと鳴らして、布川公《きみ》彦《ひこ》は「久しぶりだな」と、チェスターコートのポケットから片手だけを上げた。

＊　＊　＊

「まさか、おまえがバーテンダーになるなんてな」

琥珀《こはく》色の液体を揺らしながら、布川が言った。今風のシャレた髪型に、さりげなくブランドのロゴが入った上品なデザインのニット。うすはりのロックグラスの扱いにも慣れていて、グラスを傾ける姿が様になっていた。

そういえば、父親が珍しいウイスキーを集めるのが趣味なのだと、よく話していたことを思い出す。

「バーを紹介するネットの記事に瀬名《せな》が載ってるって、事務の子から教えてもらってさ。たまたま近くで飲んでたから来てみたんだ」

緑子《みどりこ》の投稿が話題になったことで、地元のグルメ情報を扱うネットメディアの取材を受けたことが一度だけあった。その効果に驚きながらも、薫は平静を装って会話を続ける。

「ありがとうございます。仕事の調子はどうですか？」

布川の「まさか」という言葉には、おそらく「どうして？」という意味も含まれているのだろうと感じたが、薫はあえて気づかないふりをして聞いた。

「順調だよ。このままいけば本社勤務、出世間違いなしだ」

布川は謙遜することなく言った。

上等なウイスキーを高価なグラスで日常的に楽しめる経済状況の家に生まれ、エリート志向の両親の期待を一度も裏切ることなく突き進んできた人間が持つ、揺るぎのない自信に満ち溢《あふ》れた目。

彼が言っていることは大げさではなく事実だ。薫は布川と同時期に融資業務を行う法人営業部へと配属され、彼の優秀さを目《ま》の当たりにしてきたからだ。

「なぁ、どうして銀行を辞めたんだ？」

カウンターに置いたウイスキーの瓶をバックバーに戻そうとした薫の手が、一瞬だけ止まる。布川に向き直って言った。

「私には向いていませんでしたから」

「そんなことないだろ。たしかに営業マンとしてはガツガツしたタイプじゃなかったが、おまえのその冷静な判断力や、きめ細かい気配りなんかは、けっこう評判だったんだぜ。何より、真面目に仕事をしていたしな。バンカーはそれが一番だ」

そう言って、グラスを一気に呷《あお》る。氷が大きくカラリと鳴った。

「やっぱり高木のせいなのか？」

まるで冷たい手で握られたように、心臓がぎゅっとなる。

「あいつ、実家のパン屋を継いだって」

高木という名前とパン屋の単語を聞いて、銀郎と話をしていた龍巳の体がぴくりと反応したのがわかった。

「ええ。このあたりに移転して、リニューアルオープンをするという知らせを見かけました」

「なんだよ、知ってたのか」

布川が驚いたように目を丸くする。

そのことを伝えるために、わざわざここにやって来たのだろうか。布川は会社を辞めた人間を懐かしんで会いに来るような性格ではない。何か目的があるはずだと薫は思った。

「同じものを」と言われロックグラスを取り出す。

「あいつこそ向いてなかったんだよ」

カラン――と氷が落ちた。

「高木は純粋でまっすぐないいやつだった。俺はあいつの人間性については評価している。でもこの仕事をするのには向いていなかった。それだけだ」

「……どういうことですか？」

「――おまえのせいじゃないってこと」

トクトクと琥珀色の液体を注ぎ、「どうぞ」とグラスを差し出す。

「でも、私が彼のＳＯＳに気づくことができなかったことは事実ですから」

「だから！　あれくらいのことで限界になるってこと自体が、バンカーに向いてないってことなんだよ！」

布川は声を大きくして言った。銀郎がビクッと肩を上げてこちらを見る。

「すみません。他のお客様のご迷惑になりますから」

薫がそう言うと、布川はチッと小さく舌打ちをした。

「他人行儀だな。まぁ、おまえはずっとそうだったか。仲間意識なんてものは少しもなくて、いつだってこれは俺ひとりで成し遂げた仕事だっていう涼しい顔をしてた。おまえが自分のせいだって言うのなら、そういうところだよ。だから高木は、おまえに何も話せなかったんじゃないのか？」

あのころの自分は、他人からそう見えていたのかと、薫は思う。

仲間意識がなかったわけではない。ただ、誰かに頼る方法がわからなかった。

余裕なんてあったことは、一度もない。けれど――。

「――布川さんのおっしゃるとおりです」

高木正志が薫の部下になったのは、法人営業部に配属され二年が経《た》ったころだった。

大学時代はラグビー部に所属していたという体育会系で、年齢は薫の三つ年下。がたいがよく、背丈は見上げるほど大きかった。

男ばかり三人兄弟の末っ子に育ったという彼は、気さくで人懐っこい性格をしていて、薫のことを「先輩！」と呼んで無邪気に慕う様子が、まるで尻尾を振って突進してくる大型犬のようだったことを覚えている。

薫は彼のことを、はじめは苦手に感じていた。

人懐っこいぶん言葉数が多く、一緒に客先へ向かう道中は、彼のとりとめないお喋《しゃべ》りに付き合わなければならない。その内容は業務に関係のないことがほとんどで、公私をきっちりと分けていた薫にとって、その時間は無駄なものに思えた。

今ならわかる。そのお喋りは、どうにかして無愛想な先輩と親しくなりたいという彼の純粋な思いだったのだと。

しかし薫は当時、自分のことだけで精一杯だった。

法人営業部は出世コースといわれていて、そこに配属されたことを父親はとても喜んだ。布川と並んで上司の期待も大きく、薫はそれに応えることに必死だったのだ。

バンカーとしての素質に恵まれていた布川のように、新しい顧客をどんどんと開拓していくようなタイプではない。たまたま強い学閥にいたことで、運よく出世コースに乗っただけの自分にできることは、冷静に財務状況を把握して、顧客それぞれに寄り添った問題解決の方法を提案するというような、地道なスタイルの営業方法だ。

しかしそれは簡単なことではなく、薫は膨大な仕事をひとりで抱え込んでしまった。

そんなときに高木という部下を任されたのだが、もはやその存在は重荷でしかなかった。

――彼はきっと、大丈夫だ。

薫は高木を見て、そう思った。

はつらつとした高木は性格も前向きで人当りがよく、一見すると営業職に向いていたからということもある。

しかし、それは間違いだった。彼のそうした振る舞いは、実は弱さを隠すための鎧《よろい》だったのだ。


「いやあ、営業って思ったよりも大変ですね」

昼食をとるために入ったカフェでクロワッサンを頬張りながら、高木がおどけたように言った。

「営業というのはストレスの多い仕事ですが、やっていけそうですか？」

「大丈夫ですよ！　自分ラグビー部だったときは、もっときつい筋トレにも耐えてきましたから！」

「それとはまた違う種類のストレスだと思いますが」

「全然！　余裕ですよ！」

高木はそう言って、パクパクといろんな種類のパンを次々に口の中へ入れる。ランチを頼むとパンが食べ放題になるこの店は彼のお気に入りだ。

山盛りのパンを前に高木はいつもよく喋った。実家がパン屋をやっているのでパンが大好物になったこと、売れ残りのパンを毎日食べていたら太ってしまったこと、家族の誕生日には必ず集まってお祝いをしているということ――。

「仲がいいのですね」

そう言うと、高木は「はいっ、とっても！」とうれしそうに笑った。

しかしそれでも高木は実家のパン屋を継がなかった。それは個人経営の難しさを目の当たりにしてきたからなのだという。両親も子どもたちには安定した堅い職業を勧め、店のことは気にしなくていいと言った。

「自分はうちのパンが大好きだって言いながら、店を継ぎませんでした。ずるいことはわかっています。だからこそ自分は、この仕事を頑張らないといけないんです」

高木は自身に言い聞かせるように言った。今思えばずいぶんと肩に力が入っており、心なしか表情も強張《こわば》っていたのだが、薫はそれも気合いの表れなのだろうと思ってしまった。

だからある日いつものカフェで彼がふと漏らした言葉も、重く捉えることはなかった。

「先輩。自分、この仕事向いてないかもしれないです。お客さんのところに行くのがしんどいんですよね」

高木は苦笑いをしながら言った。客先に行くのがしんどいのは薫も同じだ。自分だって、この仕事に向いているなどとは思っていない。でも、そんなことを言っていてはどんな仕事だってできやしないだろう。

そのときの薫は、日々の仕事をなんとかこなし、布川と並んで優秀な営業成績をおさめることができていた。だから、やればできないということはないのだと、その事実を淡々と語った。

「――慣れるしかないです。仕事ですから」

しかし薫は気づくことができなかった。その日、いつも山盛りのパンを頼む高木が、小さなミルクパンをひとくちしか、かじっていなかったことを。

「……ですよねっ！　大丈夫です！　自分、頑張りますからっ」

高木はそう言って笑った。しかしその翌日、彼は会社に来なかった。

そしてそのまま姿を現すことはなく、会社を辞めてしまったのだ。


「今思えば、彼は何度も私に相談をしようとしていました。飲みに誘われたこともあります。でも私は忙しさにかまけて話を聞こうともしなかった。だから彼が体を壊したのは私の責任です」

客先では暴言を受けたり、嫌がらせをされることも少なくなかった。

それを慣れるしかないと一刀両断する自分のほうがどうかしていたのだ。

屈託なく、まっすぐに育った高木にとって、理不尽に怒鳴られたりネチネチと嫌味を言われることは、きっと耐えがたいことだっただろう。

布川はグラスをあおって言った。

「だからって、こんな店で働くことないだろ⁉　おまえはバーテンなんかに収まる器じゃない！」

布川はおそらく、薫が自分への懲罰として会社を辞め、バーテンダーになったと思っているのだろう。バーテンは捨て鉢になった人間が選ぶ職業だという決め付けに、彼のようなエリート志向の人間が持つ無意識の偏見が垣間見える。

カウンターに座るときも、銀郎と龍巳の外見を見て眉間に皺《しわ》を寄せていた。銀髪で個性的な洋服を着た客と、その接客をする柄の悪そうな男は、布川の常識からすればまっとうな人間ではないのだろう。

そのとき彼が一瞬で、ここは品のいい店ではないと判断したのが、薫にはわかった。

「今日はそんなことをおっしゃるために、こんな店に来たのですか？」

コトリ――と、小さな音を立ててチェイサーを置いた。布川がハッとする。

「あなたは用事もなく私に会いに来るような人ではないでしょう」

「お見通しだな。用件はひとつ、簡潔に伝えるよ。俺の担当する会社の社長が、資産の管理をしてくれる秘書を探している。ゆくゆくは資産管理会社を設立して任せたいそうだ。やってみないか？」

「――お断りいたします」

薫は迷う間もなく言った。

「どうしてだよ⁉ そこならおまえの実力が十分に発揮できる！ こんなところでくすぶっていたらもったいないだろ⁉ 俺は瀬名のためを思って――」

「いいえ、布川さんが私にこの話を持ってきたのは自分のためです。なんせ資産管理を必要とするほど利益を出している会社ですから、身内を送り込むメリットは大きい。そして信頼できる人物を紹介することで、その社長に恩を売ることもできます。今後の仕事がとてもやりやすくなるでしょうね。なんせ私は、真面目なバンカーでしたから」

布川は「くっ……」と押し殺したような声を出したあと立ち上がった。

「違う！　そんなんじゃない！　おまえは俺にないものを持っていたから――」

パシッ――。

布川が気色ばんで立ち上がったのと、龍巳がその肩を押したのは同時だった。

「うちの大切なバーテンダーに手ぇ出すんじゃねえよ」

ギロリと睨《にら》まれた布川は「ひっ」と小さく悲鳴を上げる。

「な、なんなんだよ、あんた」

「この店の店主だ。俺の前で堂々と引き抜きしようってんだから、こうする権利くらいあるよな？」

「やめてください！」

睨み合う二人のあいだに、薫が割って入った。

「布川さん、申し訳ありません。もう、お引き取りください」

「言われなくても二度と来ないよ。せっかくのいい話だったのに、おまえはバカだ」

薫は答えずに深く頭を下げると、布川は振り返ることなく店を出て行った。

＊　＊　＊

「銀郎さん、お騒がせをしてすみませんでした」

薫は頭を下げてから、カウンターに置かれたグラスを片付けた。

「ううん、ボクのことなら気にしないで。それより——」

銀郎は肩をすくめながら、恐る恐る上目遣いをする。

すっかり昔の目つきになった龍巳が腕組みをして、じっと薫のことを見ていた。

「なんだよ、あいつ」

「昔の同僚が失礼をして申し訳ありませんでした」

「人の店バカにしやがって……おまえもおまえだ！　あんなこと言われて、もっと言ってやりゃあよかっただろ⁉」

「元同僚でもお客様であることには変わりませんから」

ウイスキーの瓶をバックバーに戻しながら薫は淡々と言い、龍巳は小さく舌打ちをした。

「でもまぁ……おかげでわかったこともあったよ」

「えっ？」

手を止めて薫は振り向いた。

「おまえがあのパン屋のチラシを見ておかしくなった理由だ。タカギパン工房——そこに写ってたやつが、さっき話してた高木って後輩のことなんだろ」

「――あなたには関係ありません」

「関係ねえこたねーだろ。おまえがそんな顔してんだ。仲間として話くらい聞くぜ」

龍巳はこの店で缶ビールを飲もうと誘ったあのときと同じことを言った。

そんなふうに他人を気にするのは、やはり赤羽《あかばね》のレッドドラゴンとして、仲間の面倒をずっと見てきた彼の性《さが》なのだろう。

しかし世話焼きも行き過ぎればただのおせっかいだ。誰にだって、踏み込まれたくない過去がある。龍巳はその領域を超えてしまった。

「なぁ、そいつとのこと今でも後悔してんだろ。だったら会いに行ったらどうだ？」

あまりにも純粋で、しかしあまりにも浅はかな提案に薫はカッとなる。

「何を言っているんですか？　そんなこと、できるはずないじゃないですか！　向こうだって、私の顔など見たくないですよ！」

「そんなの会ってみなけりゃわからねえだろ！」

「会わなくてもわかります。おせっかいはもうやめてください！　みんながみんな、あなたのように強いわけではないんですから！」

「別に俺だって強くねえ！」

薫の肩がびくりと上がった。つい大きな声を出してしまった龍巳はハッとして、感情を押し殺すように唇を噛《か》み締める。

「謝りたい相手が生きてるだけマシだろ」

「どういう、ことですか」

龍巳は答えなかった。しかし薫は、彼が言っている相手というのが、あの写真に写っていた金髪の少年のことなのだろうとなぜかわかってしまう。

いつも飄々として笑っている龍巳が、今にも泣きそうな表情で肩を震わせていて。

薫は自分のことを棚に上げ、彼にこんな顔をさせる苦しみを取り除いてあげたいと、そう思ってしまった。

——だからあなたにも、自分のことを話してほしい。

「っ……」

しかし薫はその言葉を飲み込んでしまう。

これ以上、踏み込むことが怖かったのだ。自分なんかには、きっと抱えきれない。

だから伸ばしかけた手をおろしてしまった。

「おまえには関係ねえ。おせっかいなこと言って悪かったよ」

龍巳は目を伏せてそう言うと、カウンターを出た。

「ちょ、ちょっと！　どこ行くの⁉」

銀郎が立ち上がるが、一歩間に合わない。龍巳はこちらを振り返ることなく大股でスタスタと歩き、店を出て行ってしまった。

「たっくん……やっぱりまだ虎二《とらじ》くんのこと……」

残された銀郎は、誰に言うともなくぽつりと言った。

「銀郎さん、今日はご迷惑ばかりで本当に申し訳ありません」

「迷惑だなんて言わないでよ。寂しいじゃん」

「えっ？」

「だって友達でしょ？」

友達、と繰り返すと、銀郎が空になったグラスを持ち上げて、にこりと笑う。

「もう一杯もらえるかな？」と、シルバーブレットを頼んだ。


「さっきの話だけど、ごめんね。この距離じゃどうしても全部聞こえちゃってさ」

薫はシェイカーを振りながら「いえ」と答える。

「銀行員からバーテンダーになるって、ちょっと珍しいなって思ってたんだけど、そういうことだったんだね」

「彼のことが直接の理由というわけではありませんが、自分のこと、そして生き方を見つめ直すことになったきっかけにはなりました」

「そっか。でもどうしてバーテンダーに？」

シェイカーからカクテルをグラスに注ぎ、すっと差し出して薫は言った。

「マスターに出会ったからです」

「マスターって、松の香の？」

薫は「ええ」と頷いて、あのどしゃぶりの夜のことを話した。

銀郎は「うん、うん」と頷きながら、薫の話を丁寧に聞いてくれた。

「へえ、すごいね！一杯のカクテルで人生が変わるなんて、まるで映画みたい。でもそういうのってわかるな。ボクもヴィジュアル系の音楽を聴いて世界が変わったんだ。それまではボク——」

銀郎は話すのを迷うようにカクテルグラスを見つめた。

「いじめられていたから」

少し自嘲気味に笑う。

「細くて色白で、女の子みたいでさ。いかにもな男子たちから、指をさして笑われる要素が揃《そろ》ってたんだよね。でもボクは弱かったから、いつもなんにも言い返せなかった。そんなときに出会ったのがヴィジュアル系バンド。ヴィジュアル系って、世界観がダークなんだよね。でも、それがボクには心地よかった。君はそのままでいいんだよって、そんなふうに言ってくれているような気がしたんだ。それからもう一人、ボクにそう言ってくれた人がいる。それがたっくんなんだよ」

銀郎はうれしそうに、にっこりと笑った。

「たっくんはいじめられてるボクをいつも助けてくれた。空手やってたから、弱い者いじめとか、そういうのが許せなかったんだろうね。ボクたちの中学はちょっと荒れてたから、喧嘩とかも多くて。たっくんはお人好しだから、そういうのにもよく巻き込まれてた。そしたらいつの間にか、赤羽のレッドドラゴンになっちゃったんだよ」

中学から受験をして私立の進学校に通っていた薫には、学校が荒れているということも、日常で喧嘩に巻き込まれるということも理解できない。しかしそういう状況を想像したとき、龍巳なら誰よりも早く一番に立ち上がるのだろうなと、そう思った。

「たっくんがどうして赤羽のトップになったのか、答えは簡単なんだ。仲間がいっぱいいたから。ほら、ヤンキーって普通なら強い人ばかりで集まるでしょう。でもたっくんは違った。ボクみたいな弱虫も仲間に入れてくれたんだ。『おまえはそのままでいい』って。ヴィジュアル系バンドが好きな黒づくめのヤンキーなんて聞いたことないよね」

当時のことを思い出しているのだろう。銀郎はうれしそうに、ふふっと小さく笑った。ヤンキーの世界のことはよくわからないが、こんなにも幸せそうな思い出し笑いができる青春時代があることを少しうらやましく思う。

「龍巳さんはやさしいのでしょうね」

思わずそう言うと、銀郎は静かに頷いた。

「うん。だから……今でも虎二くんが死んだことで自分を責めているんだ」

「それは龍巳さんがさっき言っていた――」

彼に聞いていいものか迷い、言葉を濁してしまう。銀郎も少し間を置いて、言葉を選ぶようにゆっくりと話し出した。

「虎二くんは色白で小さくて、まるで大人になることを拒否しているような、永遠の少年みたいな子だったよ。だから、神様が連れていっちゃったのかな……虎二くんは、ある日バイク事故で死んだんだ。知り合いの先輩の後ろに乗っててね、どうやらヘルメットをかぶっていなかったらしい。その事故のすぐ前に、たっくんは虎二くんと会っていたみたいなんだ」

銀郎はシルバーブレットの最後のひとくちを、ごくりと飲んでから言った。

「ごめん、薫くん。ボクの口から言えるのはここまでだよ。でもひとつだけ。たっくんはさ、いつだって困っている人を助けたいだけなんだ。だから、さっきのは薫くんのためを思って——」

「わかっています」

迷いなくそう言うと、銀郎は「よかった」と心底うれしそうに笑った。

＊　＊　＊

夜の街を歩いていた龍巳は、あの店は自分の家なのに、どうして自分が飛び出さなければいけなかったのだろうと、ふとおかしくなった。

大人げないことをしてしまった。いや、自分はあの頃のまま、ずっと大人になんてなれていないのだ。

「飲みてえ気分だな」

その足は迷うことなく、松の香へ向いていた。

ギイッと重い扉を押すと、店に客は誰もいなかった。

「いらっしゃいませ」

出迎えたマスターは龍巳の顔を見て、おや、という顔をする。

「お客様として来るのは久しぶりだね。ひとりかい？」

熱々のおしぼりを受け取って、龍巳は気まずそうに言った。

「俊《とし》ちゃんの大事な弟子と喧嘩しちまってさ。あっ、ウイスキーをストレートで」

「おっと、これは大きな喧嘩のようだね」

マスターはおどけたように肩をすくめた。言葉とは裏腹に、どこかうれしそうである。

グラスとウイスキーを用意しながら、マスターが聞いた。

「瀬名くん、頑張ってるみたいだね。このまえ少し、様子を見に行かせてもらったよ」

トクトクと琥珀色の液体が注がれる。

「そうだったんすね！　あいつはすげえっすよ。酒の味はいいし、接客も丁寧だ。口下手を気にしてるけど、あいつには客の心を摑《つか》むカクテルがある」

すっと差し出されたグラスを、ぐいっと呷《あお》った。ストレートなアルコールが、じんわりとと胃に染みる。

「やっぱり――適当に親の店を継いだ俺なんかとは全然違うよな」

「若くして家業を継ぐ決意をすることは大変なことだよ」

「流されただけっすよ。俺には何もなかったから」

グラスを再び呷る。今日の龍巳はいつもよりピッチが早い。しかしそんなふうに酔いた い夜もあるだろう。マスターはさりげなく気を付けて、彼の飲み方を見ていた。

「なぁ、俊ちゃん……俊ちゃんはどうして、薫と俺で角打ちバーをやれなんて言ったんだ？」

はたしてどう説明しようかと、マスターは少し考えてから言った。

「君と瀬名くんが交わったら、何かおもしろいカクテルができるんじゃないかって、そう思ったんだ」

「どういうことっすか？　俺と一緒にいても、新しいカクテルなんてできねえっすよ」

「これは例え話だよ」と、マスターが笑った。

「そうだね、まずカクテルの定義から話そうか。カクテルとは、酒と何かを混ぜ合わせた飲み物のことをいうんだ。カクテルの王様、マティーニならジンとベルモット。若い世代にも馴染《なじ》み深いカクテルなら、モスコミュールかな。材料はウォッカにライムジュースと、よく冷えたジンジャーエール。そんなふうに素材を組み合わせて作られた最高の味、それがカクテルなんだ。これって人間関係に似ていると思わないかい？」

龍巳はハッとして、グラスを持つ手を止めた。

「――そういうことかよ」

ふっと笑い、今度はゆっくりとグラスを傾ける。

「いわゆる化学反応ってやつだね。それを期待したんだ」

「ったく、無茶な提案だよな。つか、俊ちゃんおもしろがってるだろ？」

マスターはグラスを磨きながら、片方の眉毛だけを上げて返事をする。

「その無茶をどうして龍巳くんは受け入れたんだい？」

龍巳は少しだけ残った琥珀色を揺らし、しばらく考えてから言った。

「——あいつ、虎二に少し似てるんだ」

龍巳の過去を知っているマスターは、差し出された空のグラスを受け取り、黙って二杯目を作る。


虎二がバイク事故で死んだあの日、龍巳は彼に会っていた。

体の芯から冷える二月の夜。ケータイで呼び出され店の前まで行くと、そこには冬だというのに薄っぺらいジャージを着た虎二が、目を輝かせて立っていた。

「ねーねー、たっちゃん！　先輩がバイク乗せてくれんだって！　一緒にいこーよっ」

華奢《きゃしゃ》で色白の虎二はツンとした小さな鼻の先と頬っぺたを赤くしていて、見ているだけで凍える。

「んー……バイクかぁ。寒いし、またにしようぜ」

「えーなんでだよう。先輩たち待ってるってよ」

「でも俺らまだ中坊だし免許もねえし」

「だから後ろに乗っけてくれるんだって！　おまえらも今からスピードに慣れとけって、先輩ゆってたよ！」

龍巳は「うーん」と唸った。虎二の言う先輩とは、高校に進学せず働くこともしないで夜な夜なバイクを乗り回す、いわば暴走族だ。彼らは自分たちのようにただ校内や他校の派閥争いで喧嘩をしているヤンキーたちとは違う。そこに所属してしまえば、もう戻れない。

正直を言えば、今の立場が怖かった。

仲間は大切だし、仲間のためなら喧嘩だってする。でも、それと人生をかけるのは違う。

赤羽のレッドドラゴンと呼ばれてトップに立った龍巳は思い知ったのだ。

自分は普通の人間なのだと――。

でも虎二は違った。虎二には龍巳しかいなかった。彼にとって赤羽のレッドドラゴンはヒーローで、永遠そのものだったのだ。

そんな虎二にヒーローが言った。

「俺はいいや。もうすぐ受験だし」

虎二の顔が笑顔のまま固まった。

「そっ、か……うん、わかったよ」

「つか、おまえもやめとけよ。なんつーか……その……寒ぃし」

いつの間にかちらちらと雪が降っていた。まるで小さな子どものように鼻水をズズッとすすった虎二は、すっかり冷たくなった両手をポケットに入れてヒヒッと笑う。

「ううん、俺は行く！　じゃあね、たっちゃん！」

そう言って踵《きびす》を返し、ふわふわの金髪は真っ暗な夜に消えていった。

それが虎二を見た最後だった。


あのとき自分がもっと真剣に止めていれば、虎二は死なずに済んだだろうか。もしくは、ついて行っていれば。

虎二が言った「じゃあね」という言葉は決別の言葉だ。

虎二の家は母子家庭で、水商売をしている母親は恋人をしょっちゅう家に連れ込んでいた。チョコレートばかりを食べていたのは、今思えば食事が用意されていなかったからだろう。家に居場所のない虎二にとって、龍巳とその仲間たちがすべてだった。

純粋な虎二だけが、ここだけは変わらない場所と信じていたのだ。

しかし中学三年になって周りが受験ムードになると、仲間たちのあいだに少しずつ分断が生まれた。

高校に進学をする者、就職をする者、そして今のまま変わらないでいることを望む者。

最後の道を選ぶ者はごく少数だった。そしてその多くは、好きで選んだわけではなく選ばざるを得なかっただけ。

——本当は俺もみんなと一緒に進学したかった。

虎二がそう言っていたと聞いたのは、彼が死んだあとのことだった。

「うまく言えねーけど、薫は虎二のいい子バージョンって感じなんだ。だから……なんかほっとけなくてよ」

地元でずっと店をやっているマスターは、虎二のことも少しだけ知っている。

一度だけ、夜の街をうろつく彼を見たこともあった。たまたま隣にいたホステスが「かわいそうに。居場所がないんだね」と、煙草をふかしていたことを覚えている。

その悲劇の本質はまるで違う。

しかし本音を見せられないほど厳しい両親のもとに育ち、赤の他人であるバーテンダーにしか涙を見せられなかったあの日の薫も、同じように夜の街を彷徨《さまよ》って居場所を探していたのだろうと、マスターは思った。

「似ているから、つい熱くなってしまったってところかな？」

「まぁ、そんなところ。今回はひょんなことからあいつの抱えてるもんを知っちまって……それでおせっかいしたら怒られちまった」

龍巳は肩をすくめた。マスターは、ハハッと笑う。

「でもね。彼がそんなふうに感情的になるのは君に対してだけなんだ」

「どういうことっすか？」

「完璧に見える瀬名くんにも足りないものがある。それを補ってくれるのが龍巳くんだと、僕は信じているよ」

「だといいけど」

龍巳はそう言って自嘲気味に笑った。

「なぁ、俊ちゃん。俺、今度は間違えたくねえんだ。けど――」

酒に弱音を吐く勇気をもらうべく、龍巳はウイスキーを一気に飲み干す。

「俺と薫じゃ、やっぱり違い過ぎる。カクテルみたいには混じり合わねえよ」

マスターは答えの代わりに言った。

「龍巳くん、ウイスキーフロートって知ってる？」

「？　アイスクリームでも乗っけるんすか」

「ふふ、浮いているのはアイスクリームじゃないよ。よかったら作ってもいいかな？」

龍巳が頷くと、マスターはタンブラーに氷を入れてミネラルウォーターを注いだ。

「水割り？　いや、それなら順番が違うな」

龍巳が顎に手を当てて考えると、マスターが「ふふっ」と笑う。そして人差し指を立ててグラスに注目するよう促した。

「ここからよく見ていて」

六分目ほど注がれたミネラルウォーターに、ウイスキーをバースプーンに伝わらせながら、そっと注ぐ。すると琥珀色が透明の上に揺らめいて浮き上がった。

「すげえ……ウイスキーが浮いてる……」

龍巳はその美しさに見惚《みほ》れながら呟くように言う。

「そう、だからウイスキーフロート。そのまま飲んでみて」

「へぇ、いただきます――うん、最初はストレートにウイスキーの味だな」

「ゆっくりと味わってね」

三口ほど飲んだところで、龍巳が目を丸くした。

「ん？　なんかやわらかくなったな……」

グラスを傾けると、ウイスキーのあとを追いかけるようにして水が口のなかに入ってくる。これは――。

「なるほど、水割りになるのか！」

龍巳が声を上げ、マスターはにこりと笑った。

「ウイスキーフロートはね、水とウイスキーの比重の差を利用したカクテルなんだ」

「ひじゅう……？」と、龍巳は難しそうな言葉を聞いて眉根を寄せた。

「水の重さよりウイスキーの重さのほうがわずかに軽いから、こうしてウイスキーが浮かび上がるんだよ。そう、つまり混じり合わない」

さっき自分と薫のことをそう表現したことを、龍巳は思い出す。

「けどね、水もウイスキーもどちらも液体だから、飲んでいるうちに自然と混ざり合うんだよ。そしてその味を様々に変化させる。最初に口をつけたときはストレートの味わい、次に氷とウイスキーが重なり合ったロック、最後はやわらかな水割り。つまり、ゆっくりと時間をかけて楽しむカクテルなんだよ」

「なるほどね」と龍巳は笑って、ゆっくりとグラスを傾けた。

「そういうカクテルもあるってことか」

「そういうこと」マスターは悪戯っぽく目を細めた。

「だから龍巳くん。君は君の思うとおりにすればいい。人生はカクテルのように、ゆっくりと味わうものだよ」

もうすっかり混じり合った水とウイスキーを見て、龍巳は深く頷いた。

＊　＊　＊

「配達に行ってくる」

そう言って、龍巳は素っ気なく店を出て行った。

あれから数日間。薫が出勤すると、まるで避けるようにして龍巳は配達へと出かけるようになった。

いくら角打ちバーを一緒にやるといっても、龍巳は酒屋、薫はバーテンダーに店番というふうに、仕事はもともとはっきり分けられている。だから彼が忙しく配達に出かけるのは悪いことではないし、むしろ喜ぶべきことだ。それなのに薫は、龍巳のいない静かな店内を少し寂しく感じていた。

それは勝手な思いだ。龍巳が親切で言ってくれたことを拒否して、あまつさえひどいことを言ってしまった。どうして表に見える姿だけを見て、彼のことを「強い」などと決めつけてしまったのだろう。これではまた、あのころと同じだ。

今日は客入りが悪く、店はずっと静かだった。店中のグラスがぴかぴかになったころ、ようやくカラリと戸の開く音がする。

入ってきたのは背の高い男性だった。その場でコートを脱いで丁寧に折り畳むと、なぜか「お邪魔します」と誰かの家に入るときのように頭を下げる。

モスグリーンのセーターにベージュのチノパン。髪は短くさっぱりと刈り込まれ、アースカラーがぴったりと似合っている彼は、スーツを着ていたあの頃とはまるで雰囲気が違っていて。

だから一瞬では、そうとわからなかった。

「いらっしゃいませ」と頭を下げた薫の耳に、懐かしい声が飛び込んでくる。

「先輩！　お久しぶりです！」

顔を上げると、そこにいたのは紛《まぎ》れもない高木正志だった。

「どうして——」と息を飲む。

「みっ、緑子《みどりこ》さんという人のインスタグラムで角打ちバーを見たんです！　そしたら、その、そこにリンクがあって！　ホームページを見たら先輩が写っていて、その、えっとー……

ハックシュン！」

高木は見ていてかわいそうになるくらい狼狽《ろうばい》していた。

その慌てぶりと、彼が「緑子」という名前を出したことで、薫は確信する。

これはきっと、わざわざ彼に会いにパン屋へ行き、角打ちバーへ行くようにとそそのかしたどこかの元ヤンキーの入れ知恵だ。

やっぱり彼はおせっかいだ、という気持ちと、どこかでこうなることを望んでいた気持ちが綯《な》い交ぜになり、薫は複雑な心境になる。

「来てくれてありがとう。大丈夫ですか？」

「えっ？」

「さっきくしゃみをしていましたから」

「ああ、大丈夫です！　自分、全然平気ですから！」

高木はあの頃のように、体育会系な後輩の口調で手を振り笑った。そして「あっ、そうだ」と言って、紙袋を差し出す。

「これ、よかったらどうぞ！　うちで作ったパンです」

受け取ると、バターのふんわりとした香りが鼻腔《びこう》をくすぐった。

「シュガーバターレーズンのパンです。うちの名物なんですよ！」

中身を覗《のぞ》くと、大粒のレーズンがごろごろと入ってグラニュー糖がまぶされた丸型のパンがいくつも入っていた。

「ありがとうございます。とてもおいしそうですね」

「俺、実は……あれから実家のパン屋を継いだんです」

あれから、という部分を少し言いにくそうに言った。

「ええ、布川くんに聞きました。それから、うちにもチラシが入っていたので」

「えっ、あのチラシ見たんですか⁉　うわあ、恥ずかしいな……」

高木はそう言って、わしわしと豪快に頭を掻《か》いた。彼はこんなふうに、わかりやすく感情を表に出すタイプだったなと思い出す。

好物のパンを食べれば喜びではち切れんばかりの笑顔になり、客先で理不尽なことを言われれば怒りで真っ赤になってしまう。子どもが生まれたという社員の話を聞いて、自分のことのように感動して泣いたこともあった。

そんな高木が、仕事で悩み苦しんでいることだけは表に出さなかった。いや、相手が自分だったから、出すことができなかったのだ。

彼が最後に見せた偽りの笑顔を思い出す。薫はぎゅっと瞼《まぶた》を閉じて息を吸った。

「高木くん、以前は本当にごめんなさい」

「すみませんでしたっ！」

声が揃って、二人は「えっ」と顔を見合わせる。

「どうして君が謝るんですか？」

「先輩こそ！　だって俺は――先輩に黙って会社を辞めてしまいましたから」

申し訳なさそうに高木はうつむいた。

「いいえ、悪いのは私です。私は先輩でありながら、高木くんが悩んでいることに気づけませんでした。それどころか、厳しい態度で接してしまった。黙って辞めたのは、私には話すことができなかったからでしょう？」

「それは違います！」

高木は顔を上げて強く言った。

「俺は先輩を尊敬していました」

「……えっ？」

「先輩はいつも落ち着いていて、仕事も完璧で、すっごくクールでかっこよかった。先輩みたいになりたいって、ずっと思ってました。でも全然うまくいかなくて。俺、たぶん感情的すぎるんです。営業先で怒鳴られれば、悔しくてその日は眠れないし、景気の悪い客先の話を聞けば同情して冷静な判断ができなくなる。俺に銀行の仕事は向いてないって、そう思いました。でもそれを言い出せなかった。会社やみんな、そして先輩の期待を裏切るのが怖かったんです。そうしているうちに気づいたら――会社に行けなくなっていました」

体調を壊すほど思い詰めていた高木の心境を想像して、胸が痛んだ。彼はいったいどんな思いだっただろう。悩みを誰にも話すことができず、たったひとりで会社を去らなければならなかった。

「本当に、申し訳ない……」

「だから！　先輩は悪くないんですってば！　これはただ、俺が向いていなかったっていうだけの話です。それにいま俺、すっげえ楽しいんですよ！」

「楽しい」と、その言葉を反芻《はんすう》していると、高木は歯並びのいい真っ白な歯を見せて、にこっと笑った。

「そーだ！　先輩、そのパン食べてみてください！　それ、俺が焼いたパンなんですよ！　自信作ですから！」

促されて、ガサガサと紙袋からひとつパンを取り出し、ナッツなどをのせる用の小皿に置いた。

ちゃんと見てみると、それはとても美しいパンだった。ころんとした手に馴染む大きさ。小麦色の生地と大粒レーズンのバランスも完璧で、キラキラとしたグラニュー糖がアクセントになっている。

手にとって思わずまじまじと見つめてから、「いただきます」と言ってひとくちかじった。

「――！」

表面はパリッと香ばしいが、なかはふわふわのもちもち。

香ばしいパンの風味と、バターの香り、そしてレーズンの甘味が絶妙に絡み合って舌を楽しませる。

グラニュー糖のじゃりっとした食感は、想像どおりのいいアクセントになっていた。

「うん、すごくおいしいです」

薫は目を見張る。

「よかったぁ！」

その言葉を聞いた高木は両手を胸に当て、ほっとしたように深く息を吐いた。

「シュガーバターレーズンパンは、昔からずっとうちの店の名物だったんです。最近、それを作らせてもらえるようになって。このパンは俺も大好きなパンだから、先輩においしいって言ってもらえてマジうれしいですよ！」

それは眩《まぶ》しいくらいの笑顔で、彼が心の底から喜んでいることがわかる。薫はもうひとくち、パンをちぎって食べた。まるで幸せそのものといったような、ふんわりとした甘い味に、薫の胸がじんわりと温かくなる。

「俺……会社を辞めてから実家に帰って、何をするでもなく毎日ボーっとしていました。そんなとき親父が、ちょっと店を手伝わないかって言ってくれたんです。学生時代はよくバイトしてたし、気分転換にもなるかなって。軽い気持ちで店に立ちました。そしたら俺、わけわかんないんですけど泣いちゃって。大好きなパンに囲まれて、懐かしい匂いに包まれたら、なんていうか――ああ、俺の居場所ってここだったんだって、そう思いました」

「高木くんは、居場所を見つけたんですね」

「はいっ！　だから俺、すっげえ幸せなんです！　あのときのことも後悔していません。

パン屋は楽しいけど、親父やお袋が言っていた、店をやることの大変さも実感してます。でも、そこで銀行員時代に学んだことが生かせてる。人生に無駄なものなんてないんだって、今となってはそう思えます。だから先輩！　俺のことはもう気にしないでください」

「わかりました」と、薫はそっと微笑んだ。

「それより先輩こそ、どうして銀行を辞めたんですか？　先輩は俺と違って仕事もできたし、向いているように見えました。もし俺のことを気にして――」

高木は言葉を最後まで言うことができず、組んだ両手を小さく震わせて唇をぎゅっと噛み締めていた。薫が銀行を辞めたと聞いて、自分のことで責任を感じたからなのではないかと不安になったのだろう。

「高木くんのせいではありませんよ」

彼を安心させるため、つとめてやさしい声で薫は言った。すがるような目をした高木が、顔を上げる。

その言葉は嘘《うそ》ではない。だって自分が仕事を辞めた理由は、マスターに出会い、バーテンダーという仕事に出会ってしまったからだ。

「バーテンダーは、私がはじめて自分からそうありたいと思った生き方なんです。高木くんの言葉を借りるなら、そうですね。私も居場所を見つけたんです」

薫がそう言うと、ほっとしたように大きく息を吐き出した。

「よかったら私のカクテルも飲んでいただけませんか？」

「うわあ、ぜひっ！　でも俺、カクテルってよくわからなくて……」

前職のころ、彼がパン食べ放題のカフェでしてくれたお喋りには酒の話もあり、飲めるタイプだということは知っている。

せっかくなのだから、なにかとっておきのものをご馳走《ちそう》したかった。

「それじゃあ私に任せてくれませんか？　今の高木くんにぴったりのカクテルをお作りします」

＊　＊　＊

カクテルを作ると言った薫はなぜか暖簾の奥へと引っ込み、「チン！」という音がしたあと、温められた牛乳を手に戻ってきた。

「ホットミルク……ですか？」

カクテルといえば逆三角形に細く長い脚のついたカクテルグラスや細長いグラスに注がれたカラフルな酒、というイメージしか持っていなかった高木は、目を丸くして聞いた。

「はい。スペースの都合で電子調理器がカウンター内に置けないため、失礼いたしました」

ちなみに奥にある電子レンジは、龍巳がプライベートで使っているものを借りている。

「いや、それはいいですけど、あったかいカクテルなんてあるんですね？」

「はい、ホットカクテルといって寒い冬にはとてもいいですよ」

「へえ、楽しみです！」

高木は目を輝かせて、薫の手元を見つめた。

熱湯を入れてあたためておいた耐熱グラスに角砂糖を入れて、濃褐色のダークラムを注ぐ。それからホットミルクをたっぷり。そこに四角いバターを浮かべて、最後にシナモンパウダーを一振りすれば完成だ。

「どうぞ。ホット・バタード・ラム・カウです」

取っ手付きのグラスを手に取った高木は、思わず「うわあ」と声を上げた。

「すっごく、いい香りですね！」

「そうですね。ラムはサトウキビを原料にして作られる蒸留酒。高木くんもご存じだと思いますが、このカクテルに使用しているダークラムは、ケーキやタルトなど焼き菓子の風味づけにもよく使われています」

「ダークラムの香りっていいですよね！　それじゃあ、いただきまーっす」

高木はふうふうと熱を冷ましてから、目を閉じてゆっくりと口にした。

「んっ！」

目が開いてまんまるになる。

「うわあ！　なんだこれ！　めっちゃめちゃおいしいです！」

香り高いラムと、バターが溶けたミルクのやさしい甘みが合わさって、こっくりとしたまろやかな味わいだ。どこか懐かしい感じもする。

「甘くてお菓子みたいだし、それにシナモンのスパイスがいい感じです！」

「さっき高木くんにいただいたシュガーレーズンのパンに合いそうなカクテルを作ってみました」

「なるほど、ラムレーズン！　うわあ、これ絶対に合いますよ！　今の俺にぴったりのカクテルって、そういうことだったんですね！　パンとカクテルのマリアージュなんて、驚きました！　さすが先輩です！」

高木はキラキラとした目で薫を見て言った。

その様子は、やっぱりうれしそうに尻尾を振る大型犬のようで。小さな椅子に窮屈そうに体を収める彼を見て、ふっと笑みがこぼれてしまう。

大型犬はホットカクテルを飲みながらも、「これ新作のパンにも生かせるかもしれないな……」とひとりごちてメモを取り出したりと、狭いカウンターでせわしなくしていた。

「仕事熱心ですね」

薫がそう言うと、高木は「はいっ」と大きく笑った。

「でも、もう決して無理をしないようにしてください」

「やだなぁ、もう大丈夫ですよ！」

「その言葉です」

片手でわしわしと頭を掻いていた高木は「えっ？」と表情を変えた。

「高木くんはさっき、くしゃみをしました。風邪を引いているのかと心配した私は『大丈夫か？』と聞きましたが、あなたは『大丈夫』だと答えた」

「ああ、あれは本当に大丈夫なんですよ！　温度差でくしゃみが出ちゃっただけで——」

「あの日も高木くんは、大丈夫だと言って笑っていました。でもその翌日、会社に来ることはなかった」

高木の肩がハッと上がった。

「さっき高木くんは、当時の私のことを『いつも落ち着いていて、仕事も完璧だった』とおっしゃってくれましたね。でも、それは見せかけの姿です。あのときの私は常に自分のことで精一杯で、後輩である君のことを思いやる余裕がなかった……」

「まさか、先輩が、そんな……」

「私は弱い人間です。だから、君のやさしさに甘えてしまった。高木くん、君は他人に心配をかけまいと頑張りすぎるところがあります。さっきのくしゃみは、もしかしたら風邪の引き始めかもしれません。ホット・バタード・ラム・カウは、たまご酒のように滋養ドリンクとして飲まれることもあります。パン屋さんの朝は早いでしょう。だからこれを飲んで、明日への活力を養ってください」

「先輩……ありがとうございますっ！」

おでこをカウンターにぶつけそうなほどの勢いで、高木は頭を下げた。

「もしどうしてもつらくなったり、疲れたときは、いつでもここに来てください」

ホット・バタード・ラム・カウの甘い香りに包まれて、高木はにっこりと笑って頷いた。

＊　＊　＊

高木が店を出たのとちょうど入れ替わりに、真っ赤なスカジャンは帰ってきた。

白い息を吐き、手をすり合わせながら「今日の配達は忙しかったぁ～」などとわざとらしく言いながら、カウンターに腰掛ける。

薫が片付けをしているのを見て言った。

「お客さん来てたんだな」

「ええ、偶然にも私の前職の後輩が」

「えっ⁉　それってまさか、あのチラシに載ってたパン屋のにーちゃんか⁉　あのいけすかないヤローが暴露した、おまえとは因縁《いんねん》の……！」

「別に因縁ではないです」

いくらなんでも演技が下手すぎである。

龍巳はうっかりすると俳優にでもなれそうな男前の顔をしているのだが、残念ながら彼にその道は用意されなさそうだ。もう少し泳がせてみることにした。

「で、ちゃんと話せたのか？」

「ええ、まぁ」

「まぁ、じゃわかんねえだろ。教えてくれよ」

「どうしてあなたに教える必要があるんです？」

「俺には聞く権利あるだろ！　だってあいつをここにやったの俺だぞ⁉」

龍巳はしっかりとそう言い切ってから「あっ」と間抜けな声を出した。

「やっぱりあなただったんですね。まぁ、最初からわかっていましたけど」

「マジかよ⁉　なんで⁉」

「わかりますよ。タイミングが良すぎますから。それに高木くんが言っていました。『緑子さんのインスタを見て来た』と。おかしいですよね、彼女のアカウント名はＲＩＣＯなのですから。つまり入れ知恵をしたのは緑子さんの本名を知っている人物で、それはあなたしかいません。そもそも彼が原宿《はらじゅく》カワイイ系インフルエンサーのアカウントを見てここに来るなんて、あまりにも設定に無理がありますよ」

龍巳は「くっそ、俺のバカ！」と頭を叩《たた》いた。そして薫に向き直ると、おでこをカウンターにぴったりと付けて平謝りをする。

「勝手なことして悪かった！　おせっかいはやめろって言われても、俺には我慢できなかったんだ。おまえのためには、こうするのが一番だって思ったから……」

薫は深く息を吐いて言った。

「別に怒っていませんよ」

「えっ？」

「あなたが私のためにしてくれたのだということはちゃんとわかっています。それに、おかげで高木くんとのわだかまりが解けました。だから……」

感謝はしている。しかしその言葉を彼に言うことは、なんだか癪《しゃく》だ。薫はそっぽを向いて、小さく言った。

「——ありがとうございます」

怒られる覚悟をしていた龍巳は、まさか礼を言われるとは思わず「へっ?」と呆気《あっけ》に取られる。

「今、おまえ俺に礼言ったのか?」

「……言いましたよ。悪いですか?」

薫がむくれて言うと、龍巳はキラキラと目を輝かせた。

「いや、悪くねえ! それってめちゃくちゃ悪くねえよ! なぁ、もう一回! おかわり!」

「嫌です。もう二度と言いません」

「なんだよ、ケチだなぁ。まぁ、いいけどよ。これからも、でっけーおせっかいしてやるからさ」

そう言って大きな口を開けると、ニカッと笑う。

その顔を見てなぜか、さっき高木に言った言葉を思い出した。

——私も居場所を見つけたんです。

それは自分でも驚くほどするりと自然に出てきた言葉で。酒屋あかいのすみっこにあるこの角打ちバーは、いつの間にか自分の居場所になっていたのだと、赤いスカジャンを見ながら、そう思ったのであった。

エピローグ

月が替わり二月になった。

角打《かくう》ちバーは相変わらず。繁盛しているというわけではないが、少しずつ客足が伸びている。店にとっては一番うれしい、常連客の顔も見られるようになった。

そうはいっても角打ちバーは五席しかない小さなバーで、あまりに繁盛しても対応しきれない。薫《かおる》がすべての客に無理なく寄り添える、このくらいのペースで続けていけるのが最適なのかもしれないと、そんなふうにも思っている。

「とはいえ赤字になるのは問題ですけどね……」

カウンター内で閉店作業をしながら薫がふと呟くと、冷蔵庫の在庫チェックをしていた龍巳《たつみ》が振り返って「あいたたた」という顔をした。

酒屋あかいの財政状況は、いまだあまり芳しくない。角打ちバーはオープンしたばかりであるし、結果はすぐに出るものではない。しかしこれは商売だ。このまま赤字が続けば倒産の危機に陥ってしまう。

元銀行員としては、ここからもうひとつ何か手を打ちたいところだ。

バックバーに置いてあるボトルの整理をしながら思案していると、背後に気配を感じる。振り向くと、龍巳がカウンターの前にいた。

「なぁ、そこのバーテンダー。ちょっと話聞いてくれるか」

「えっ？　なんですか」

いつになく真剣な表情をしている。ひとまずグラスにミネラルウォーターを注いでカウンターに置くと、まるで気安い雑談をするように龍巳が言った。

「俺の友達の話、していいか？　事故で死んだ、虎二《とらじ》のこと」

心臓がドキリと跳ねる。しかし平静を装って薫は「はい」と頷いた。

水をひとくち飲み、龍巳がゆっくりと話し出す。

この世の中でたったひとつだけ、取り返しがつかないものがある。それは命だ。

いつもチョコレートをかじりながら、まるで親鳥を追いかけるひよこのように、ずっと龍巳のあとをついてきていた金髪の少年。

大切な仲間だった。それなのに、彼が抱え込んでいる孤独を受け入れる自信がなくて、突き放してしまった。

そして大切な仲間は、永遠に帰らぬ人となった。

龍巳はそのときのことを、まるで目の前で上映されている映画を見ているように淡々と語った。

「ずっと頭から離れねえんだ。あいつが雪ん中に消えて行く姿が——」

それからずっと立ち止まったままなのだと、龍巳はうつむいて言った。

「龍巳さん」静かに名前を呼ぶ。

「よかったら、一杯飲みませんか？」

「えっ？」と、龍巳は顔を上げた。

龍巳はこの話をバーテンダーの自分にした。だからバーテンダーとしてできることはひとつだけだ——。

「今のあなたにぴったりのカクテルをお作りします」

薫はカクテルグラスを取り出した。用意したのは、ブランデーとクレーム・ド・カカオ、そして生クリームだ。シェイカーに材料と氷を入れて強めにシェイクする。

「ずいぶんと力を入れてる感じだな」

「生クリームは混ざりにくいため、強めに振る必要があるのです。とはいえ、あまり長くシェイクすると水っぽくなってしまいますから注意が必要です」

「へえ、こだわりってやつだな」

龍巳は感心したように顎を撫《な》でた。静かな店内にしばらくシャカシャカと心地よい音が響いた。

「できました。どうぞ」

グラスにとろっと注がれたのは、クリーミィなモカ色のカクテル。

「アレキサンダーです」

「おっ、なんかかっこいい名前だな」

「アレキサンダーはかつてのイギリス国王が結婚を記念して王妃のアレクサンドラに捧げ

たカクテルと言われています」

「なんだよ、俺がおまえの王妃ってことか？」

「……何を言っているんですか、しばきますよ？」

「冗談だよ。なんかおまえ最近、柄悪くなってね？」

誰のせいで、と言いたいのを薫はぐっとこらえる。

「とにかく飲んでみてください」

「わかったよ」そう言って、龍巳はとろりとした液体を口に含んだ。

「この味……チョコレート……」

「はい、アレキサンダーは虎二さんの好物、チョコレート味のカクテルです」

「――それで？　どうしてこれが今の俺にぴったりのカクテルなんだ？」

薫は少しだけためらったあと、龍巳の目をまっすぐに見据えて言った。

「私は過去を忘れる必要はないと思います。きっと後悔も消えはしないでしょう。でも――悲しみは乗り越えることはできるはずです」

龍巳は答えなかった。出過ぎたことをしたのかもしれない。しかし龍巳がそうしたように、過去の後悔で苦しむ彼の姿を見て、薫は放っておくことができなかったのだ。

「自分が前に進めない言い訳に、虎二を使うなってか」

「……すみません。出過ぎたことを言いました」

うなだれると、龍巳がハハッと声を出して笑う。

「ちげえよ。やっぱおまえはすげえなって思ってさ」

「えっ？」

龍巳は甘いチョコレートカクテルをひとくち飲んで言った。

「俺には甘すぎるが、あいつの喜びそうな味だ」

やさしい垂れ目がニカッと笑って、薫はほっと胸を撫で下ろした。

「二杯目は龍巳さん好みのお酒をお作りしますよ」

「なんだよ、今日はバカにやさしいじゃねえか」

「たまには飲んで息抜きをしないとまいってしまうと、教えてくれたのはあなたですよ」

「そういやそうだったっけな。じゃあジントニック」

「はい」と言って、薫は新しいグラスに氷を入れた。

まだ角打ちバーができる前。龍巳と二人、このカウンターで初めて飲んだ日のことを思い出す。あのときは、まさか自分がバーテンダーとしてここに立つなんて思いもしなかった。

「人生、何があるかわかりませんね」

できあがったジントニックを差し出してそう言うと、龍巳は「そうだな」と笑った。

薫も一杯ご相伴にあずかり、ほろ酔いの二人は角打ちバーのこれからについて、話に花を咲かせる。

顔をご機嫌に赤くした龍巳が言った。

「俺さ、ちょっと考えてることがあるんだ。若いやつに、もっと酒のうまさを知ってもらうにはどうしたらいいかって」

「若い人に、ですか」

「ああ、うちの酒屋の客は近所の親父ばっかりだろ。それも悪くねえんだけどさ。変化ってもんがねえ。まぁ、これは俺の責任なんだけどさ。わざわざ酒屋に来る理由がねえってのは当然だよな。うちの店頭にあるラインナップはずっと昔から同じだ。だったら便利なコンビニや、値段の安いスーパーに行ったほうがいいに決まってる」

龍巳は店内をぐるりと見渡して言った。

「おまえと一緒に角打ちバーをやってさ。俺、感動したんだ」

「感動？」と、薫は繰り返した。

「だっておまえのカクテルを飲んだ客は、みんなうれしそうに笑うだろ？」

まっすぐに目を見て言われ胸が詰まる。

「よく、見ているんですね」

「ああ、緑子のときなんてすごかったよな。酒が嫌いだって言ってたやつが、あんなに喜んで目ぇ丸くしてさ。あんときはマジでおまえのこと尊敬したよ」

龍巳が珍しく、目を細めて笑う。ジントニックをひとくち飲んで言った。

「なぁ、俺にもそんなふうに誰かを喜ばすことできっかな？」

何気ない口調であったが、龍巳の目は恥ずかしそうに伏せられている。それを見た薫の表情に、笑みがこぼれた。

「――できますよ」

龍巳が顔を上げる。

「本当か？」

「はい、あなたなら絶対にできます」

その言葉を聞いて顔を上げた龍巳の表情はパッと輝いていたが、慌ててすぐに唇を引き締め直す。

「サンキュー。ちょっと自信ついたぜ。これからいろいろ考えていかねえとな」

「何か具体的な案はあるのですか？」

「ああ、ひとつ考えてるのは珍しい酒を置くってことだ。カクテルはおまえに任せりゃいいから、俺はクラフトビールを揃《そろ》えようと思ってる」

「なるほど。小規模な醸造所が作るクラフトビールは、簡単に手に入らないものも多いです。クラフトビールの品揃えがあるというのは売りになりそうですね」

「だろ？　それを角打ちで楽しめるってことにもなれば、若いやつにウケるんじゃねえかと思ってさ」

「とてもいいアイデアだと思います」

薫がそう言うと、龍巳はまるで子どもが照れたように「へへっ」と言って頭を掻《か》いた。

「そのためにはビールの勉強と、醸造所とつながりを持つための営業もしないとな。なんか久しぶりにわくわくしてきたぜ！」

龍巳は高ぶる気持ちを沈めるように冷たい酒を流し込むと、出し抜けに言った。

「ありがとな」

「えっ？」

「考えもなしに親の店継いで、テキトーにやってた俺がこんなふうに思えるようになったのは、おまえがいたからだ」

人懐っこい垂れ目でじっと見つめられ、体が熱くなる。

「べ、別に私は何もしていませんよ」

「それでもありがとうなんだよ。素直に受け取っておけって」

龍巳がニカッと笑った。まったくこの元ヤンキーは、いつもこうしてするっと懐に入り込み懐柔してしまう。

ジントニックをすっかり飲み干した龍巳は両手を上げて伸びをすると、「さて」と言って立ち上がった。

「しっかり飲んでリフレッシュしたことだし、明日も頑張るか」

そう言って、時間を確認するために尻ポケットから取り出したスマホを見て「あ」と、声を上げた。

「今日、バレンタインデーじゃねえか」

二人は顔を見合わせる。

「さ、さっきのカクテルは違いますからね！」

「わかってるよ！　何も言ってねえだろ！　つか俺、ヤベーよ！　チョコひとつも貰《もら》ってねえ！」

「三十過ぎてまだチョコが欲しいんですか？」

「ったりめーだろ！　うわーマジでさっきのあのカクテルが唯一のチョコだよ」

「だから違うって言っているでしょう⁉」

小さな店に、二人の大きな声が響き渡る。

こんな調子で今日もこれからも、角打ちバーの夜は更けていくのであった。


（了）

【参考文献】

『銀座のバーが教える　厳選カクテル図鑑』
Cocktail 15番地　斎藤都斗武　佐藤 淳監修　マイナビ出版
『カクテル・パーフェクトブック』桑名伸佐監修 日本文芸社
『人気のカクテル　ザ・プロフェッショナルメニュー』
赤土亮二著　旭屋出版
『カクテルの教科書』山田高史 宮之原拓男著 柴田書店
『ウイスキー完全バイブル』土屋守監修　ナツメ社

二見サラ文庫

本作品に関するご意見、ご感想などは
〒101-8405
東京都千代田区神田三崎町2-18-11
二見書房 サラ文庫編集部 まで

本作品は書き下ろしです。

ようこそ赤羽《あかばね》へ 真面目《まじめ》なバーテンダーとヤンチャ店主《てんしゅ》の角打《かくう》ちカクテル

2021年 2月 10日 初版発行

著者 美月《みつき》りん

発行所 株式会社 二見書房
東京都千代田区神田三崎町2-18-11
電話 03(3515)2311［営業］
03(3515)2314［編集］
振替 00170-4-2639

印刷 株式会社 堀内印刷所
製本 株式会社 村上製本所

ISBN978-4-576-21001-8
https://www.futami.co.jp/sala/

二見サラ文庫

地獄谷の陰陽師に、デリバリーはじめました

～さくさくコロッケと猫のもののけ～

須垣りつ

イラスト＝煙楽

耳黒という半猫半人の妖怪に取り憑かれたハジメは、いけ好かないバーテン兼陰陽師の竜真に惣菜の配達と引き換えにお祓いを頼むが…。

二見サラ文庫

小樽おやすみ処 カフェ・オリエンタル

~召しませ刺激的《スパイシー》な恋の味~

田丸久深

イラスト=水溜鳥

小樽を舞台に、人間関係に悩み退職した主人公が、ふと立ち寄ったカフェの店主の優しさや料理に救われ、このカフェで働きはじめる。